ビルマ1946

独立前夜の物語

テインペーミン

南田みどり 訳

アジア文学館

段々社

Lanza Pawbyi
by
Thein Pe Myint

This book is published in Japan under the contract
between Khin Kyi Kyi and Dandansha, Ltd.

本扉装画／Maung Maung（訳者所蔵）より
装幀／今井明子

目次

ビルマ（現ミャンマー）略図

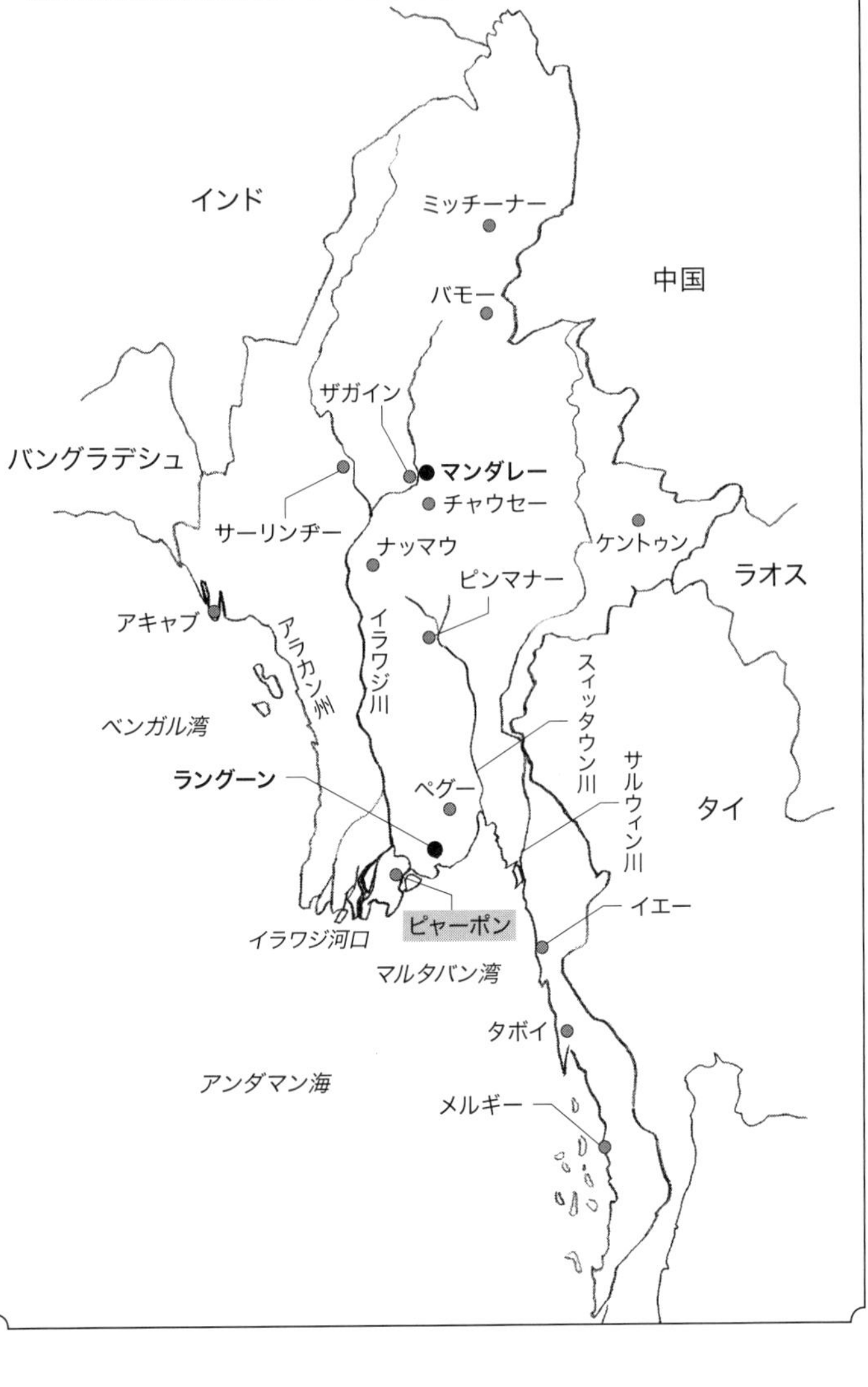

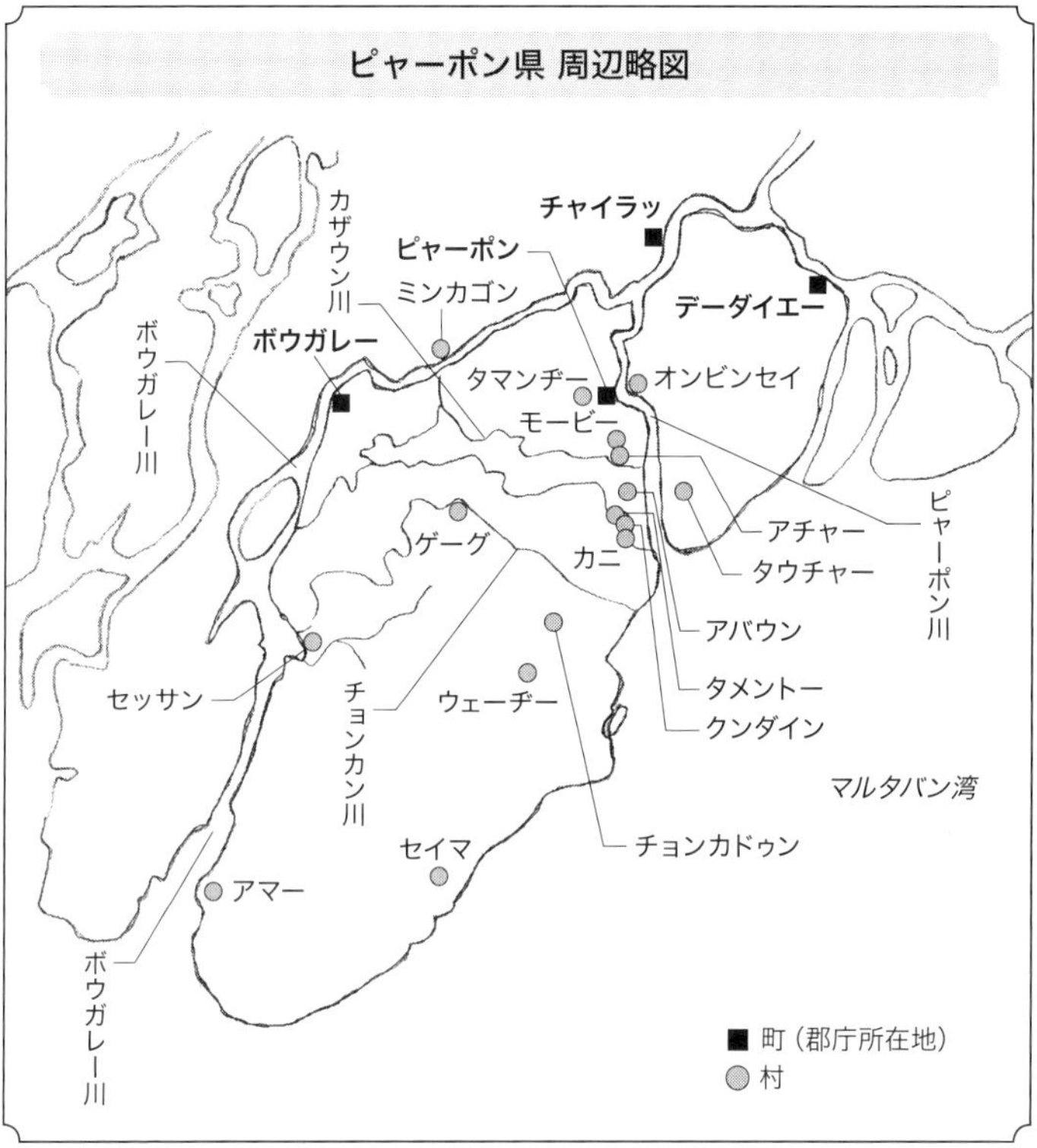

※地名、河川などは本書に出てくるもので、作品背景である1940年代当時の呼称。

国名・人名の表記などについて

国名や地名について

日本語の「ビルマ」はオランダ語からの借用語として、明治初期から使用されてきた。ビルマ語の「バマー」と「ミャンマー」は元来ビルマの多数派民族「ビルマ族」を表す同義語で、一九四八年の独立以降は国名として併用されてきた。その際国名の英語表記は植民地時代同様「バーマ Burma」が使用された。

一九八九年に軍事政権は、国名の表記を「ミャンマー」に統一することを決定した。その根拠は、「バマー」がビルマ族をさし、「ミャンマー」が全ビルマ国民をさすということであった。その際地名も、「ラングーン」から「ヤンゴン」、「ペグー」から「バゴウ」といった植民地時代の英語表記を併用していたものを、ビルマ語読みに統一した。

本書では、背景となる時代に用いられていた国名、地名表記を使用しており、地名については必要に応じて（ ）内にビルマ語表記を記入している。

人名について

ビルマ人名には姓がない。名前の前に、冠称である「ウー」（年配者あるいは社会的地位のある男性）、「ドー」（同　女性）、「コウ」（青年・壮年あるいは同年輩である男性）、「マウン」（若年あるいは同年輩または年少の男性）、「マ」（同　女性）を付ける。ほかに、「ボウ」（軍人）、「タキン」（我等ビルマ人協会会員）など所属団体に関するものなどを冠することもある。また、同名者を識別する意味で、出身地名や、学位や、「ディードウ」のように自らのかかわる雑誌名なども随時用いられる。

なお、カレン族には「ソー」「マン」（男性）や「ノー」（女性）などが冠称として使用される。本書では、カレン族の人名のみ冠称をそのまま使用し、それ以外の冠称の大半を省略して訳出している。ただ、「タキン・ソウ」など実在する歴史上の人物で冠称と共に後世に残る人名は、そのまま訳出した。

注においては、人名の後の（　）内に必要に応じて冠称を入れてある。

（　）内の／は併用を示す。

注について

注は各部末に記載した。

文中の太字は、別の項目あるいは巻末の〈実在する歴史上の人物〉でも取り上げている語句である。

おもな登場人物

●カニ村の人々

ターメー……………小学校教師。二十五歳。抗日闘争を経て共産党員となる。ティンウーの恋人
ターガウン…………中年独身の小作農、元僧侶。農民運動にかかわり、村の農民同盟議長
カラー………………生来身体に障害をもつ農業労働者
タロウ………………カラーの弟。赤軍兵士となる
チュエー……………地主。のちにパサパラ（反ファシスト人民自由連盟）に入る

●ピャーポンと周辺の人々

ティンウー…………ビルマ軍の中尉から社会党ピャーポン郡議長。ターメーの恋人
タンタンミン………ミンの一人娘。十七歳。社会党員、独立女性協会員となる
ミン…………………地主で富豪。タンタンミンの父親
ミャ…………………東亜青年連盟からのちに共産党ピャーポン郡細胞長となる
バラ…………………喫茶店を開くが、のちに人民義勇軍に入り軍事指導者となる

第1部

1

マルタバン湾の潮が満ち、イラワジ・デルタ[1]を走る水路たちが水嵩《かさ》を増す時刻《とき》であった。水路際に咲くムラサキミズヒイラギは、水中にどっぷり身を沈め、頂の枝だけが姿を見せていた。そんな枝たちの姿は、迫り来る潮に今にも沈もうとする人間の、助けを求めて虚空をつかむ手の数々にも似ていた。道沿いのニッパ椰子は、実をつけた房が半ば水中に没している。いつもなら、潮の干満など我関せず、流れに身をまかせ、のうのうと安逸をむさぼりながら浮遊するホテイアオイたちも、潮の勢いに煽られ、疾走するかのように漂っていく。

光たちは、天空に広がる雨雲[2]の隙間を縫いながら、辛うじて手探りで下界に降り立ってくる。さしもの太陽も、たちこめた雨雲を突破することは叶わない。光線が、ここかしこに突破口を求めるあまり、当惑したようにほの白い輝きを放っている。

そのときである。流れに抗《あらが》い、一艘《そう》の小舟がやってきた。オールを繋《つな》ぎとめるループ紐《ひも》のぎしぎし鳴る音が、遠くからも聞こえる。流れのあまりの激しさで、それに抗う小舟の動きははかばかしくはない。激流のせいだけでもあるまい。漕ぎ手の姿を見るがよい……。

小舟を漕いでくるのは、カニ村[3]のカラーであった。彼は生来、身体に不具合を持つ男であった。腰が湾曲し、胸が前に突き出た姿で生まれ落ちたのである。矮小《わいしょう》でか細いその体躯は、見るからに哀れをさそった。しかし表情は、魅力的であった。彼は四六時中笑い転げている男であった。よくピャーポン[4]の町に出て映画を見る、カニ村の理髪店主ティンによれば、カラーはせむしの道化俳優のサインタモそっくりだという。それで村人の中には、彼をサインタモと呼ぶ連中もいた。

小舟には、ターガウンとターメーが同乗している。ターガウンは小作農である。齢《よわい》四十を過ぎたばかりであった。背は低くはないのに、がっちりたくましい体躯は、彼を小柄に見せていた。その表情には、実直さが滲《にじ》みでていた。彼はベンガルのムスリムたちがよくはく緑の格子模様のロンジー（環状の腰巻き）の上に、カーキー色の軍隊シャツ[5]を身につけており、その取り合わせはきわめてちぐはぐであった。頭に巻きつけたタオルからのぞく彼の髷《まげ》[6]は、その装いのちぐはぐさの極めつけとなっていた。彼は紐を襷《たすき》がけにして、自動小銃を吊るしていた。

ターメーはカニ村の教師で二十五歳になる。やや上背があり、太腿《ふともも》や体つきはどっしりして、尻も胸ものびやかに育っていたが、優雅なたおやかさも兼ねそなえていた。丸く澄んだ眼、甘い微笑を浮かべた赤い唇、白く粒ぞろいの真珠のような歯が、褐色の肌とあいまって、「愛らしさ」という言葉を、その顔に刻んでいた。

ターメーは教師という職業に加え、抗日革命[7]を闘う活動家だった。そのせいか、装いはきわめて凡庸だった。しかし、無造作というわけでもない。髪は、普通にまとめて後ろでひとくぐりさせるだけの一重結びスタイルだったが、額は出さない。前髪をはらりと垂らしている。ブラウスの生地は厚手だが、ぞろりと長くはない。腰の細さと胸の膨らみを際立たせている。はいているロンジーも厚手だったが、枝つきの小花模様が咲き乱れていた。

抗日革命に加わったことを誇示するかのように、ターメーは軍用ショルダーをさげていた。

上げ潮が続いている。

情勢の展開は、革命の潮流にも上げ潮をもたらしていた。

ファシスト日本の支配も三年に及ぶと、人々の苦しみは燎原の火のようにビルマ全土を焦がしていった。日本の圧制に対する憤怒は沸々とたぎっていった。共産党[8]と人民革命党[9]とビルマ国民軍[10]が、密かに抗日統一戦線パサパラ[11]（反ファシスト人民自由連盟）を結成して、抗日オルグ活動に乗り出した。ビルマ革命の潮流は、激しい上げ潮となっていった。アラカン州ではウー・ピンニャーティーハやウー・セインダーが、ザガインやマンダレーではボウ・テインウーやボウ・バトゥーが指導して、日本帝国主義に対する先制個別蜂起[12]の火蓋が切られた。それに続いて一九四五年三月二十七日から、全国一斉蜂起が始まった。この国に暮らす多くの人々がこの革命を熱狂的に支持し、協力を惜しまなかった。共産党と人民革命党とビルマ国民軍を軸とする全国的な共闘の結果、ファシスト日本の駆逐[13]は成功裡に終わった。

いまもなお、革命の潮流は上げ潮であった。カラーは歯を食いしばり、顔をしかめて舟を漕ぎながら、何事か真剣に考えているふうだった。それから彼は、ふいにターメーに声をかけた。

「先生、イギリスが戻ってくりゃあ、布地はもちろん安くなるよね」

「そりゃ……安くなりますとも。あんたにも買えるわよ。お金があればの話だけど」

「金のほうはばっちりだよ、先生。おいらね、ぴんぴんの新札ばかり選んで、しまってあるんだ」

「へえー、そうなの。ところで、あのとき、連合軍の飛行機が落としてくれたロンジー[14]は、どうしたの？　あんたも、一枚もらってたわよね。違った？」

「もらうにゃもらったよ、先生。けどね、おいら五〇〇チャットで売っちまったんだ」

ターメーは何も答えず、口惜しげに前方を凝視している。彼らの小舟は、水に浸っている一頭の大きな水牛に近づくともなく近づいた。水牛は鼻からシューッと荒い息を吐いてから、水に潜った。水牛に群がって血を吸っていた蚋《ブユ》どもが、一団となってするりと飛び立った。カラーの関心は水牛にも蚋にも向かわない。実のところ彼は外界の一切に関心を向けず、自分の思いに浸りながら、機械的に小舟を漕いでいた。それから、彼はふいに口を開いた。

「先生、イギリスが戻ってくりゃあ、練乳缶ももちろん安くなるよね」

「そりゃ、安くなりますとも。で、あんた、それをどうするつもり？」

「坊様に差し上げるつもりで」

ターメーはもう口を開かず、ひたすら前方を凝視した。ターガウンは、二人のやり取りの間、彼らを代わる代わる見ているだけであった。口をはさむことはしなかった。しかし彼は、カラーが問いを発するたびに、眉をひそめていた。しばらくの間考え込んでいたカラーが再びおっぱじめる。

「イギリスが戻ってくりゃあ……」

ターガウンはすっかり苛立《いらだ》ちを露《あら》わにした。

「おい、カラー、いい加減にしねえか！　うるせえんだよ。イギリスが戻ってくりゃ、戻ってくりゃって、何度も何度も……」

カラーには愛想が尽きたとばかり、しばらく眉をひそめてから、彼はターメーに問うた。

「くそっ……、それにしても先生、イギリスの野郎は、いったい、いつまでわしらの国に居座ってやがるんで？」

ターメーは、はなから超然としていた。カラーの問いにも、問われたから答えたまでである。彼女の心は別の世界にあるかのようであった。ターガウンの激昂に煽られ、その心はようやく小舟へ戻ってきたらしい。

「そう長くは居座れませんよ。世界の民主勢力が戦いで勝利をおさめていくと、帝国主義は日増しに弱体化していって、イギリス帝国主義が譲歩して、おとなしくビルマに独立を与える客観情勢が生まれていますからね」

ターガウンは、しばらく考え込んでいた。彼は顎をそらせた。下唇が突き出てくる。すると彼は、手で首をさすった。この仕草は、ターガウンが考え事をするたびに見せる習性であった。ときおり、糯飯《もちめし》を食べ過ぎてしまった日の翌朝など、「ターガウンや、そろそろご飯を食べるかえ」と母親から誘われても、彼はやはり顎をそらせ、下唇を突き出し、手で首をさすって考え込むのが常だった。

「先生がおっしゃった世界の民主勢力だとか、客観情勢だとかは、わしにゃわかりませんがね。だけど、日本軍をやっちまった勢いで、その続きにイギリスをやっちまえば、よもや、奴らもわしらの国に長居はできねえと思いますがね」

「奴らが長居できないのは、はっきりしてるの。ただ、長居させないやり方はいろいろあります。日本をやっつけたのとは違う、別なやり方でやれる情勢があるんです。いずれにせよ、この大戦のおかげで、世界が変わってきているのは本当よ。これを読んでごらんなさい」

ターメーは、肩にさげていたかばんの中から、一枚の文書を取り出した。ターガウンはそれを受け取って眺めた。

「どこから送って来たんだね」

ターメーが、かばんに蓋をしながら答える。

「インドのテインペー同志から送られてきたもの[15]よ。それが党中央からピャーポン県党本部に送られて、ピャーポンで複写されたものが、私たちのところに送られたってわけ」

ターガウンは、文を一字一句読んでいる。テインペー同志というのは、大戦前に小説『進歩僧[16]』で有名になった作家先生のテインペーだと、彼は知っていた。抗日革命時、彼らのもとに飛行機が落としてくれた武器も、食料も、布地も、ラジオも、みんなインドのテインペー同志のもとから届いたのだと、彼は承知していた。

いまなお忘れられない出来事がある。大戦前のことだが、テインペーとタキン・ラペー[17]が、近くのタメイントー村へ演説に来ることになった。『進歩僧』のテインペーとは何者か。どんな僧侶なのか。好奇心に駆られて、彼はカニ村からタメイントー村へ急いだ。しかし、演説には間に合わなかった。彼はテインペーへの熱い思いを胸に、クンダイン村へ帰る舟に便乗して帰途につくしかなかった。舟上で彼は、乗客たちの会話から、テインペーたちが説いた社会主義[18]なる言葉を初めて耳にした。このように、彼の記憶に強烈な刻印を残したテインペーからの文書だという。うやうやしく読まずにおれようか。同じ村の年若いターメー先生の言葉なら、右の耳から左の耳に抜けるかもしれない。しかし、テインペー同志からとなると……。

しかるにターガウンは、頭で得心しても、その血や肉や魂の中では、日本を追い出したようにイギリスも追い出させねばという想念に囚われていた。その想念は、昨日や今日生じたものではない。GCBAやウンターヌ運動[19]が隆盛をきわめた頃、彼は沙弥僧[20]だった。僧侶政治家オッタマ僧正[21]がピャーポン裁判所で尋問されたとき、ピャーポンで抗議集会が開かれた。カニ村の沙弥僧アシン・トービタことターガウンも、多くの人々のように行動に加わった。民族、言語、宗教、教育というウンターヌ運動のスローガンがその心に刻まれ、尊き民族主義思想がその心に育《はぐく》まれていった。

その後、還俗して農民となったターガウンは、所帯を持たず、俗事に煩わされることなく、村の若者頭となった。米の収穫時、若者たちは鶏を盗み、調理して食い、ニッパ椰子酒や焼酎を飲むといった悪戯《いたずら》をする。そんな折ターガウンは、彼らが度を過ごさず、はめをはずさないよう目を光らせた。よく産卵する雌鶏たちが、彼らに締められて食われないように守ってやった。ほかの村に祭があって、カニ村の娘たちが見物に出かけるとき、彼は長兄のようにつき添って、娘たちが尻をつねられたり、手を引っぱられるといった悪戯に遭わないように護ってやった。

このように若者頭として、所帯を持たず、俗事に煩わされることを免れたとはいうものの、世界恐慌が訪れ、米価が下落すると、さしものターガウンも難儀を免れることはできなかった。元金返済どころか利息も返済できなくなり、ご立派な裁判所の尊き命令に従って、ありったけの田畑をチェティヤ[22]の手に委ねることを余儀なくされた。それ以来彼は小作となり、小作料と利息の支払いに追われて、その暮らしは日増しに逼迫していった。

サヤー・サン率いるターヤーワディー農民反乱[23]が、近くのデーダイエーの町まで波及した頃、矢もたてもたまらず山刀を研いで決起に備える者たちがカニ村にもおり、ターガウンもその一人であった。ところが政府は先手を打ち、村に憲兵が踏み込んで、幾人かの指導者が逮捕された。追っ手を逃れたターガウンは、当時蜂起に備えたことをしばしば懐旧談に披瀝《ひれき》して、悦に入るのが関の山であった。

その後、我等ビルマ人協会[24]があらわれると、彼も村の小地主のチュエーや住職のアータパ師と一緒に加入し、タキン・ターガウンを名乗った。日本軍とビルマ独立軍が協力して[25]イギリスを追い出したときも、ターガウンは可能な側面から活動に加わっていた。

ゆえに、今回の抗日革命でターガウンがその地域一帯の革命指導者となったのは、その来歴と気性からいえば順当ななりゆきであった。彼がその血や肉や魂の中で、再び戻ってきたイギリスを日本軍を追い出したような方法で追い出さねばという想念に囚われていたのも無理はない。もっとも彼は、ターメーがかばんから出したその文書を、真剣にうやうやしく読んでいた。やがて、小舟は流れの淀みにさしかかった。小舟は進退きわまった。安逸をむさぼるホテイアオイの群れが、引き潮に乗って浮遊を再開しようと待機している。カラーが繰り返し漕いでも、小舟はびくともしない。丸く盛り上がった胸を伸ばさんばかりにあがこうが、小舟は動こうとしない。

「おい、カラー、お前の力じゃ無理だぜ。ほれ、こっちに来て座るんだ。俺が漕いでやる。潮の変わり目を逃したら、この先で座礁だ。ほれ……ほれ」

ターガウンは自動小銃をはずし、ターメーに預けた。ターメーがそれを肩に掛けた。ターガウンは二本のオールを、まるで中国人が箸を使うように手に取り、巧みに力いっぱい漕いだ。しかし、浮遊物は突破できない。カラーは、にたにたと嘲《あざけ》るように笑いながらターガウンを見ている。ターガウンはぐいぐい力を込めて漕ぐ。分厚い浮遊物の魔物だ。カラーは浮遊物を凝視してから、右の人差し指を口に入れた。それから勢いよく指をぽんとはじいて抜き出し、それをあばら骨に当てた。さっと立ち上がった彼は、突如水に飛び込んだ。カラーは浮遊物を除去した。

カラーは、厄介ごとに直面するたびに、あばら骨に人差し指を当て、解決策を講じるのが常だった。彼はごく小さい頃に沙弥僧となった。午後ひもじくなり、[26]途方にくれてべそをかいていたとき、兄弟子バタンが「そんなこと簡単さ」と言った。そう言うとバタンは、右の人差し指を口に入れた。それから勢いよくぽんとはじいて抜き出し、あばら骨に当てた。それから、片目をつぶってにやりと笑った。

「アンマロク、カリロクの実は、出家も食べるってさ。アムラタマゴノキの実も食べていい。生姜和《ジンドウ》[27]えも食べていい。俺たちの部屋で食べろ。さあ、行ってこい」

兄弟子バタンはそう言いながら、カラーの頭をぽんと叩き、送り出した。それ以来、この動作がカラーの習性となった。

小舟は速度を上げるようになった。ターガウンは悠然とオールを操っている。カラーは背中を乾かしていたが、ズボンは水滴を滴らせていた。ターメーが彼のランニングシャツを洗ってやっている。空はすっきり晴れているわけではない。白い雲にうっすら覆われていた。

小舟はいささか先を急いでいた。ターガウンは、力むそぶりを強いて見せずに漕いでいる。しばらくすると、二本のオールを片手にまとめ持って漕ぎながら、彼は顎をそらせた。下唇を突き出した。そしてもう一方の手で首をさすりながら言った。

「なあ、先生、平和的に独立ができりゃあ、無論それに越したことはないがね」

そう言うと、彼は再び両手にオールを一本ずつ持ち直して漕ぎ出した。全員が無言であった。

オールを繋ぎ止めるループ紐がぎしぎし鳴る音と、水音だけが高まってくる。カラーが、再び沈黙を破った。

「イギリスが戻ってくりゃあ……」

「おい、カラー！　またおっぱじめるか、てめえのイギリス話を」

ターガウンが吼《ほ》える。

「先生、イギリスが戻ってくりゃあ、学校をまた開けるかね」

ターメーは、ターガウンとカラーを代わる代わる見つめてにっこりした。

「もちろん開けるわよ。すべてにわたって復興活動をしなきゃならないんですもの。学校もまた開けなきゃ。で、それがどうしたの？」

「おいら、勉強がしたいんです。先生たちの読んでなさるような政治の文書がとても読みてえんだ」

「あんた、野良仕事があるのに、いつ学校に行くの？」

カラーはしょげ返った。ややあって、彼はにんまりした。それからかすかに声を立てて笑った。

「先生たちが、おいらのために特別に夜学を開いてくれりゃ済む話だ」

小舟は速度を上げて進んでいく。前方にホテイアオイの群れが一つ、急ぎがちに漂っていく。

薄青い花がその美しさを誇示している。小舟がホテイアオイに追いつくと、ターメーは花を一輪摘みとり、髪に挿《さ》した。褐色の肌に花の薄い青が映える。

2

　ピャーポン市の二番通りを南下すると、官庁通り[28]に入る。この通りに城砦のようなビルがあった。それは生気のない様相を帯び、人をきわめて憂鬱にさせる鬼気迫る重苦しい形状をしていた。もっとも、堅牢な造りであることは一目瞭然だった。構内は広大だが、人の賑わいはない。とりたてて草花が植えてあるわけでもない。芝生だけは手入れが行き届いている。その構内にあって、風変わりで、一種独特の風格を備えた植物は、中国の扇子のように広がった形の葉を持つ、ナツメヤシの種に属する木々である。通りの向かいにある市立公園を越えて、ピャーポン川から風がさわさわ吹いてくる。

　それはドーソン銀行[29]の建物であった。そのときそこには、ビルマ国民軍のバセイン中尉率いる中隊の兵士の一部が駐屯していた。

　建物の正面では、兵士たちが行進の訓練をしていた。みっちり訓練を終えると、バラ軍曹が整列を命じた。

　ティンウー中尉がやってきた。ティンウーは、まるで軍服姿のままこの世に生を受けたかのように、軍服がしっくりなじんでいる。軍服を嵩《かさ》にきた傲岸不遜《ごうがんふそん》さはない。軍服の窮屈さをうっとうしがる様子もない。ロンジー姿なら並みの背丈にすぎないが、ズボン姿は彼を長身に見せた。カーキー地は厚手ながら、規律正しい訓練の賜物である均整の取れたその肉体の輪郭を浮き彫りにしている。広い額、太い眉、鋭く輝く眼、どっしりした鼻は、一度見れば忘れられないほどの印象を人々に与えた。

ティンウー中尉が前に立つと、兵士たちは敬礼した。それからバラ軍曹が「休め！」と命じると、中尉は訓示を始めた。

「同志諸君！　我々は日本軍に戦いを挑み、彼らはスィッタウン川方面に敗走した。バセイン中尉の命により、我々は引き続きイギリス軍と一戦を交えることになる。チョンカン川一帯には、バセイン中尉の隊が展開している。我々も間もなく、カダー村、タウチャー村方面へ移動し、布陣することになる。バセイン中尉は、ゲーグ村で状況を偵察中である。現在、ピャーポンには数名のイギリス人が戻ってきている。富豪で売国的地主のミンという人物が、彼らを手厚くもてなしている。同志諸君には、なんぴとたりともイギリス人どもと接触することを禁じる。わかったな。以上で話を終わる」

ティンウー中尉がその場を離れると、バラ軍曹が解散を命じ、兵士たちは一目散に建物の中へ消えていった。

ティンウーが構内を行きつ戻りつしていると、富豪地主のミンが入ってきた。ミンは、五十代後半のさしずめ退職官僚といった風情であった。肌はふっくらと色艶よく、眉目秀麗で、物腰の洗練されたいい男ぶりをしている。短い髪にはかなり白髪がまじっていた。ティンウーはその姿が眼に入らず、自分の考えにふけって歩いている。

「お変わりないかね、中尉さん。お元気ですかな?」

ティンウーがミンを眼にするや、その顔にはあからさまな嫌悪が浮かんだ。

「何か御用でしょうか?」

憮《ぶ》然と問うティンウーに、ミンがおもねるように言う。

「ブラウン少佐がな、あなたにお会いしたいそうで」

「自分は、会いたくありません」

「会ってやってくださらんか、お若いの。外に少佐も来ておられます」

「会いたくありません。用件が何か、あなたはご承知だ。あなたのお宅が受け入れた、あなたの連合軍の意向だ。もちろん、あなたもご承知のはずでしょう」

「そんな言い方をするでない、お若いの。連合軍だからこそ、我が家においでいただいたのです。用件はですな、彼らは、今あなた方が駐屯しておられるこの銀行の建物に移ってきたいそうでして。いつごろ明け渡してくださるか、知りたいそうで……」

火がついた火薬の山さながら、ティンウーは怒りで体が震え出した。彼は大きく舌打ちした。

「どうしてこちらが移動してやらねばならないんだ! 奴らを寺の宿坊へ案内しろ!」

さすがのミンも気分を害して、顔をしかめた。

「用件はそれだけだよ、お若いの。わしのことを誤解しないでもらいたいものだね」

怒りに震えているティンウーはじっとしていられず、その場をあわただしく行きつ戻りつしていた。イギリス人から明け渡しを要求されたことは、彼個人が侮辱されたにとどまらず、彼らの民族全体もいずれこうしてイギリス人に侮辱される日が来る予兆だと、彼には思えた。

建物から歌声が聞こえてくる。歌声は猛々しく、建物を揺るがさんばかりだった。

並び立ち　見せたき力
世界に知らせんビルマの勇気　我等が見せる
死なしめよ　木の葉と思え我が生命《いのち》
野越え山越え進軍し　闘わん

ティンウー中尉は行きつ戻りつし続け、歌声も続く。

3

ピャーポン市一番通りとも呼ばれる岸辺通りのとある華人商店で、カラーは買い物をしていた。

　この華人の店は、まるで世の流れとは無縁であるかのように営まれてきた。世の中全体が大きく変動しても、この店の不動のたたずまいときたら、イギリスが逃げて日本軍が入ってきても変わることなく、タウテイン中尉のビルマ独立軍が統治した時[30]も店を開け、日本軍が逃げてイギリスが復帰した今も、あいかわらず店主が店に座り、昔ながらに商いをし、店の奥の部屋の入り口の、赤い紙に書かれた三文字の漢字も、相変わらず元のままである。その三文字は、店に福を招来する短い詞であった。

　華人店主は、日中は仕事をする。夕方は早々に店じまいして、いつものように竹のキセルをくゆらせる。彼は、歴代の支配者からアヘン取り扱い許可証[31]を与えられた男だった。

「このロンジーどうか？　上等コットンよ。ウェルフェヤー軍医から手に入れた」

　カラーは華人の言うことがよく理解できず、首をかしげて、眼をしばたたいた。

「どこの坊様《パヤー》から手に入れたって？　そりゃ罰当たりなこった、中国旦那よ」

華僑はかすかに声を出して笑った。

「坊様じゃないよ。クンタイ（軍隊）よ。クンタイからよ。気に入ったらお買いよ」

「いくらだい」

「ヒトス、ニチュウ」

カラーは顔をそむけ、にやりとした。

「何とまあ、一枚二〇チャットとは馬鹿に安いじゃねえか」

彼はひとりごちた。それから華僑に向き直り、三本指を立てた。

「三枚あるかい」

「ミッスない。フタスある」

カラーは二枚のロンジーを受け取り、籠に入れながらたずねた。

「練乳缶はいくらかね」

「サンチヤ」

カラーは顔をそむけて、またほくそえんだ。

「何とまあ、三チャット[32]とは馬鹿に安いじゃねえか」

そうひとりごちて向き直り、彼は何食わぬ顔で華僑を見つめた。

「二缶入れてくれ」

カラーの買い物籠は瞬く間に溢れていく。ニンニク、タマネギ、塩、マッチなど生活用品がずらりと揃った。華人店主は計算した。

「みんなでハチチュウニチヤ。さてさて、ハチチュウにしとくよ。ニチヤはネヒキ（値引き）よ」

カラーは八〇チャット分の日本軍票[33]を出した。華人店主は顔をしかめ、手を振った。

「この金スカウ（使う）できない」

カラーは大威張りで紙幣を挙げて見せた。

「中国旦那よ、この金は太鼓判を押すよ。ぴんぴんの新札だ」

「日本の金スカウない。インマ（今）出てるイギリスの金スカウいい」

「金は金に決まってら、中国旦那よ。おいらが働いて稼いだ金だぜ。使えるともさ」

この期に及んで、華人店主は声を荒げて怒鳴った。

「スカウできない金よ。この日本軍票スカウできない、命令出たのシル（知る）ないか。この田舎ヤロ（野郎）、お前何もワカルない。返せ、返せ、俺のもの、こっちに寄こせ」

華人店主は籠をひったくり、何もかも取り出した。マッチも、練乳缶も、たちまち店の元の場所に収まっていく。それをカラーは、悄然と呆けたように眺めていた。まさか、それらをひったくるわけにもいかず、その顔は曇っていく。

「違うんだ、中国旦那よ。おいらの村じゃ、昨日だって、まだこの金が使えたのさ」

そうは言ったものの、カラーの言葉に力はない。彼らの村が昨日どうだったかなど、誰が気に留めようか。「スカウできない」といわれる紙幣を手に入れるために、彼が何滴の汗を滴《したた》らせたかなど、誰が気に留めようか。カラーの期待どおりイギリス人が戻って、生地は安くなってきた。練乳缶も安くなってきた。しかし……

カラーは、傍らにある床几《しょうぎ》に小さくなって座った。腰はいっそう曲がり、胸はますます突き出してくるかのようであった。しばらくして、彼は苦笑をもらした。名案が浮かんだ。そうだ、今すぐティンウー中尉に知らせにいこう。それでもだめなら、なんとしてもバセイン中尉のところに駆け込んで知らせるんだ。彼は床几を降りて、空の籠を手にすると、店をあとにした。

それでも彼は、依然として日本軍票は握り締めていた。彼は「希望」をいつも握りしめていた。それが人の常というものであった。

4

彼らはずっと押し黙っていた。彼らが囲んで座るテーブルの上の大きな卓上灯油ランプには、乳白色のシェードが付いていた。灯火はテーブル全体に注がれるだけでなく、シェードの下から脇へもこぼれ出し、テーブルを囲む男たちの体も照らしていた。仮に誰かがテーブルに肘《ひじ》をつき、手に顎をのせていれば、その顔は鮮明に見えただろう。もっともシェードは、光をすっかり遮るわけではない。やや黄みを帯びた穏やかな光線が放たれており、いかなる者たちがテーブルの周りに集まっているか知ることはできた。

ティンウー中尉は、さかんにシガレットを吹かしていた。バラ軍曹はテーブルに肘をつき、手に顎をのせ、所在なげに灯火を見つめながら考え込んでいた。バラは、肌が浅黒く、どんぐりまなこで、鼻がどっしりと大きく、長身だった。彼はチャウセーの出で、ビルマ独立軍時代に入隊した。抗日革命時にピャーポン担当となり、任務でこの地に出入りするうちに、ピャーポンのクエッティッ地区[34]で所帯を持った。

椅子の背にどっかりもたれ、きつい葉巻《セービンレイ》[35]に眼を細めている男は、ミャであった。彼は痩せてひよろりと背が高く、色黒で乾いた肌をしていた。東亜青年連盟[36]ピャーポン支部知育部長であった。抗日革命のために早い時期からオルグに動いた男である。その後彼は共産党指導者タキン・ソウの講座に出て、党細胞の長となっていた。

　ほかに二名の兵卒が座っていた。彼らは議論に加わらない。一同の話に耳を傾けるだけであった。

　あたり一帯が静寂に包まれていた。室内も静まり返っていた。唯一の音は、階下のインド人夜警の草履の音であった。ティンウー中尉はシガレットをまた一本とり出し、ランプの上の排煙口で火をつけた。シガレットを激しく吹かすと、彼は口を開いた。

「こんな有様じゃ、状況は相当悪くなっているんだよな。俺は、やらないわけにはいかんと思うんだ」

　バラ軍曹が同意した。

「そうです。紙幣の問題でもかなり混乱を来してますよ。日本の軍票が使えないと言われて、みんな困り果ててます。今日の午後なんて、あなたのターメーさんと一緒にやってきたカラーという男が、日本の軍票のことで気の毒なことになりました」

　ターメーという響きを耳にするやティンウー中尉は、灼熱の真昼を歩いてきたところへ滔々と流れる清流の音を聞いたかのように、新鮮な高揚感がみなぎってくるのを覚えた。

「そうか……ターメーがいつピャーポンにやって来たって？」

「今朝ですよ。いろいろなことを話し合うために、今夜ここへ来られるそうですよ。さて、あなたのターメーさんの件はさておくとして、紙幣の問題はどうしましょうか」

ターメーがピャーポンに到着しており、今夜ここへ話し合いに来るのを、ミャは知っていた。彼がお膳立てしていたのである。そこで彼は、バラに挙手して見せて、発言の機会を求めた。

「ターメーさんとターガウンさんにここに来てもらうよう段取りをしておいた。紙幣の問題では、農民や物売りどころか、俺たちだって窮地に追い込まれているんだよ。インドから飛行機で落としてもらった現金も、イギリス紙幣はわずかで、日本の軍票ばかり多くてね。俺たちは、活動で支払いをする際、イギリス紙幣しか使わなかった。だから、日本の軍票がどっさり残った。金持ちだけがぼろもうけさ。ありったけの軍票で、なりふり構わず商品を買い占めやがった。さて、どうしたものだろう」

全員がティンウー中尉の答えを待っていた。彼はシガレットを吹かした。

「とにもかくにも、当面の応急処置だが……バセイン中尉の命令ってことで声明を出そう。日本の軍票の使用は続行できるという声明になる。どうだろう、バラ軍曹。どうだろう、ミャさん」

バラ軍曹が快哉を叫ぶ。

「そりゃいいです！　今夜文書を印刷して、明日文書を配布して……布告して……」

ミャは、くわえていた葉巻を指にはさんだ。

「それだけで安心するのはまだ早い。日本の軍票をイギリス紙幣と等価交換せよと、イギリス軍当局に要求しなけりゃならないよ」

ティンウー中尉は怒気を帯びた声を発した。

「奴らに要求するのは無理な相談だね。闘って奴らを追い出さない限り、問題の解決はないね」

ミャはさらに論陣を張りたかった。獲得できるか否かはさておき、要求せねば。国中一丸となって要求せねば。その要求は闘争へと転化することだろう。そういった思いを、彼はその魂の奥底で漠然と見出していた。しかし、それを明快に表現する言葉が見出せない。

ミャの口から次の言葉が出る前に、ターメーとターガウンが入ってきた。

ティンウー中尉は、抗日革命が近づいてから入隊した男である。当初は、東亜青年連盟ピャーポン支部長を務めていた。ターメーは、女だてらに武術が習いたくて東亜青年連盟に加入した。武術のみか、反日思想も修得した彼女は、ティンウーとも親しくなった。さらに彼女はミャの講座に出て、対立物統一の法則や、剰余価値学説や、独立宣言文書Ⅰ[37]などを学んだ。東亜青年連盟の募金活動のために劇を上演することになると、ターメーの詩歌の才をティンウーは激賞した。一方ターメーは、ティンウーの企画調整力や、寛容さや、勤勉さなどを激賞した。互いへの賞賛の行き着く先は、相思相愛であった。

彼らの愛は二年越しだった。もっとも、プラトニックで堅実な交際だったために、ごく内輪の親しい同志たちだけの知るところであった。二人が一緒にいる様子からも、恋人同士の睦まじさよりむしろ、兄妹か友人のような親密さしかうかがえなかった。

ターメーたちが入ってくると、ティンウー中尉は立ち上がり、二人のために椅子を引いてやった。先刻までティンウーの表情は険しかった。いまやそれは、温かく和らいだ。声までがさわやかになった。

「ターたちが来るというので、待っていたんだ。さあ、座って、座って……。ターガウンさんのお噂は、聞いておりましたよ。なんでもあなたは、走り回って刀で日本兵の足を切って、靴を脱がせて持ち帰られたというではありませんか。ははは」

ティンウーが笑うと、全員がつられて笑った。

ターガウンは椅子に座ったが、背もたれにもたれず浅くかけた。両手を両膝に置いて前のめりに座るその姿は、パゴダ門前の獅子座像にも似ていた。一座の者が彼を見て大笑いする中で、彼は顔を大きくほころばせていた。眼は細めたまま何も答えない。

ターメーはターガウンを、あるときは長兄のように頼りにし、あるときは生徒のように教えるべきを教え、またあるときは同志のように接していた。もっとも、あらゆる面でターガウンを誇りに思い、彼を立てていた。

「ティンウーさんがお聞きなのは、その話だけ？　大きな水牛に乗って日本軍と闘った話は、まだだったかしら。ターガウンさん、話してあげてはいかが」

顔をほころばせていたターガウンが、もじもじと照れくさそうにした。顎をそらせ、下唇を突き出して、首を手でさすっている。

一同は固唾《かたず》を呑み、耳を澄ませている。実に奇妙なことにターガウンは、自分の手柄話を披瀝するには口が重い。

「ねえ、お願いよ、ターガウンさん。みなさん聞きたくて、うずうずなさってるわ」

ティンウーが支持する。

「そうですよ、ターガウンさん、聞かせてくださいよ」

「てへへ、ご勘弁を」

ターガウンは語り出した。

「ご勘弁をば願いたいところですがな。昔の王様方は白象にお乗りあそばして闘いましたがな、わしはといやあ、黒い水牛にまたがって闘ったんですな。てへへ……ビロードの鞍のかわりに、泥まみれのご立派な水牛様というわけで。カザウン川の戦闘でしたな、わしが水牛にまたがったのは。チョンカン川方面の日本軍が、ウェーヂーの方へ逃げてきやがった。奴らはそこからミンカゴンを通って、ボウガレーへ行こうとしておったので、わしらがやるべきは、退路を断つことでしたな。厄介なことに、舟を使うこともできん。牛車を使うにも、路がない。歩いていくったって、地割れが多くて、厄介なことでありましたですよ。地割れに気をとられながら歩きゃ、これまた遠くが見通せんから、道を見誤る恐れもありましてな。そこでこのわしが、水牛に乗って闘おうと提案したんで。そこで、みんな水牛に乗って、日本軍の行く手を塞いで闘いまくったんですな。そりゃ、たいしたお話じゃねえですが、日本軍を叩きのめすのは、実に痛快で」

にこやかに耳を傾けていたティンウーが真顔に戻り、テーブルを手で叩いた。四方山話で寛いだ場に、会議の雰囲気がよみがえる。

「同志諸君の賛同が得られるならば、一つ提案させていただきたいんだが」

全員が静粛にして、彼に注目している。ミャが火の消えている葉巻をランプの上の排煙口にかざして、点火しながら言った。

「どうぞ、どうぞ、ご提案くださいよ」

「本日をもって、ターガウンさんを水牛大将と呼ぶことにしよう。いい考えじゃないか。ハハハ」

つられて全員が爆笑した。

「それから、アウンサン将軍に手紙を書く。イラワジ・デルタの地割れのあるすべての戦線における戦闘を、水牛大将にお任せくださいと。どうだい。ハハハ」

全員が爆笑した。バラが口をはさんだ。

「ところで中尉、我々が明日この建物を明け渡す話のほうは、どうします?」

日本軍との水牛戦の勝利にはしゃいでいたみんなの顔がたちまち変化していく。ティンウーは、心中のさまざまな影が交錯した表情を見せた。

「僕はね、もう悠長に構えちゃいられない。あのイギリス野郎どもは、わざわざこちらを侮辱しているんじゃないかと思えるんだ。中央から下りてきた通達じゃ、連合軍との摩擦を回避せよって言う。摩擦は回避すればするほど多発するってことを、上はわかっちゃいないようだね。俺は譲歩したくないね」

バラは、握り締めた拳を交錯させてテーブルにのせ、拳の上に顎をのせた。表情は暗い。バラの様子は、その一瞬の一同の心情を代弁していた。拳は侮辱的な挑発をかけるイギリスに対して、暗い表情は摩擦を回避せよという上からの通達に対して向けられている。しばらくするとバラは、拳に顎をのせたまま言った。

「アウンサン将軍たちがああいう通達を出したのは、もちろん理由があるに違いないですよ。てことは、摩擦を回避せよというなら、回避するほかありませんね」

そう言うと、彼は立ち上がった。

「じゃあ、みなさんは話を続けてください。日本の軍票の件と移動の件を片付けてきましょう。ミヤさん、一緒に来てくださいよ。軍票について布告を作文してください」

バラは出ていった。ミヤと二人の兵士もそれに続いた。

ティンウーは椅子の背にどっかりもたれ、仰向いてシガレットを吸っていた。ランプの乳白色のシェードの上から広がる光の中に、渦巻く煙が見える。

ターメーは椅子の背に背中をぴったりつけ、片手でテーブルの端を持ち、もう一方の手を肘掛に自然に置いていた。その顔はうつむき加減だった。

ターガウンはテーブルに両肘をつき、ティンウーとターメーを代わる代わる眺めている。ときおり、その眼を細めてランプシェードを見つめた。

三、四分ばかり三人三様でそれぞれの思いにふけっていた。ついにティンウーが口火を切った。

「こんな体たらくの元をたどってみれば、イギリスの支配下で平和的に独立が達成できるなんてことを信じたせいに違いないぜ」

「平和的に独立が達成できるってことを、ティンウーさんはまだ信じないの？　あたしは信じるわ。それも盲信じゃない。理論的に信じてるの」

ティンウーは、いまだかつて見せたことのないまなざしでターメーを見つめた。そのまなざしには憎悪が籠っていた。どんなにターメーを愛していても、いま彼女の口から出た言葉は全く聞き捨てならない。

「理論、理論か！　ターたちの理論がいかにご立派だとしても、実践的には平和的にいかないことがはっきりしてる。今、ブラウン少佐が、僕たちの駐屯しているこの建物を要求している。次は、武装解除を要求するぜ。これを聞き入れてやりゃあ、平和路線ってわけだろう。でも、これしきで譲歩していて、独立など達成できるわけがない」

ティンウーは、自分の表情がいかに険しいか知らない。自分の声の調子がいかに厳しくなっているか、気にも留めない。ターメーはこれまでどんなときにも、ティンウーのまなざしから放たれる月光に、涼やかな歓喜を感じてきた。ティンウーの口から放たれる微風を、心さわやかに感じてきた。彼の表情に穏やかならぬものが見え、その声に冷静さに欠けるものを感じた今、彼女はいささか動転してしまった。しかし彼女は、話すべきことを語りつづけた。

「ねえ、ティンウーさん、独立というものは、一つの方法だけで達成できるわけじゃないわ。この大戦で、ファシストが敗北した。ファシストが敗北した分だけ、世界の解放勢力や民主主義勢力の威信が高まってきたのよ。彼らの威信が高まった分だけ、ファシストの仲間の帝国主義者たちは弱体化するのよ。そこで、イギリス帝国主義者の基盤が揺らいで、ビルマ独立の土台が固まってくる。しっかりしてくる。その土台に立って、ビルマ人民が団結する。目覚めた人々の大きな力に押されて、帝国主義者は、やむなく抵抗せずに独立を手渡さねばならないことでしょうよ」

「てことは、ビルマ国民軍と抗日パルチザンは、武装解除してイギリスに武器を返還しなきゃならないのか」

「一部はいずれ結成される正規軍で吸収できるわ。一部は武装解除しなきゃならないわ」

「へえ！　ターったら、そんなのとんでもないことだよ。バセイン中尉と僕が話し合っているのは、イギリスに対して闘いを続けて反乱を起こすことさ。武装解除なんて、もってのほかだ」

「ティンウーさんたちの計画は、過激だと思うわ。我が党の指導者のタキン・ソウやタキン・タントゥンは、武器を返還するよう通達を出したわ」

ターガウンが、驚愕と悲痛をないまぜにした声で、口をはさむ。

「へえ！　通達が出てしまったのかね。武器を返還せにゃならんというのかね。うむ……そんなことができるものかね」

　ターガウンは、顎をそらし、手で首をさすっている。

「そうなんです。武装解除の通達が出てしまったんです。たしかアウンサン将軍も、軍を代表して通達を出してしまったんじゃない？　ねえ、ティンウーさん、バセイン中尉のところへ、アウンサン将軍からじきじきに手紙が来ているんじゃないかしら」

　ティンウーは椅子から立ち上がった。その姿はめらめら立ち昇る炎にも似ていた。

「そうさ。中央からはいろんな通達が来た。だけど、俺たちは武装解除できない。明日は俺も、ここに駐屯している二個小隊とカダー村方面へ下る」

「まあ、ティンウーさんったら。無鉄砲なことはやらないで。しっかり理論的に考えていかなきゃ」

　ティンウーは行きつ戻りつし始めた。

「理論、理論とまたおいでなすったね。理論かい。俺は実践だけを信じている」

　ティンウーの声はひどく険しく、その口調は不遜だった。彼の態度と調子は、ターメーの心を火にくべて燃やしているにも等しかった。しかし、ターメーは辛うじて落ち着きを保った。

「理論なき実践は盲目に等しいって、タキン・ソウ先生がおっしゃったのではなかったかしら？」

「あなたがたの大先生は、支離滅裂なことをおっしゃってるんじゃないですかね。実践なき理論は不生女《うまずめ》に等しいとおっしゃったあの言葉を、あなたはどこへおいてけぼりにしたんですかね」

怒りのあまり逆上して、ティンウーはターメーに対してまるで赤の他人のような口をきいていた。知り合った当初は、ターメーさんと呼ばれた。その後、交際を始めて以来、ターと呼ばれてきた。いまや、あなたという他人行儀な呼ばれ方である。ターメーの胸にひたひたと悲しみが打ち寄せる。ふと、もう泣いてしまおうかと思う。しかし、力を振り絞ってそれをこらえ、彼女は涙声で言った。

「ティンウーさん、気をつけてものを言ってくださいよね。あたし、今までそんなきつい物言いをされたことはなかった。そんなによそよそしく呼ばれたこともなかったわ」

そのように注意を喚起したのは、まずまずの出来であった。舌を鳴らし、手で首筋を叩いてやって、疾走する馬を鎮める行為にも似ていた。

「ター、無理だよ。武装解除なんて無理だ。俺は、武器はビルマの命だと思ってるんだもの」

その声の中に再び涼風をとらえ、ターメーは彼を慰撫《いぶ》する。

「じゃあ、いま譲歩しないで、イギリスと摩擦を起こしたとしましょうよ。日本軍がまだスィッタウン川方面にいるってことは、敵と闘う我々の同盟者を背後から闇討ちすることにならないかしら。結果的に、ティンウーさんたち一同が日本軍に手を貸したことになってしまわない？

ビルマ軍はやっぱり日本側のスパイだったたってことになってしまわない？」

ティンウーは怒りを抑えるあまり、疲弊した声を発した。

「もういい、ター。もうしゃべらないでくれ。人をスパイ呼ばわりするのは、ターたち共産主義者の常套手段だ」

ターメーも負けてはいない。

「まあ、理論がわからない方とは、なかなか話が通じないものですわね」

「ターには必要かもしれないがね。俺たちには、理論など無用の長物さ」

「あたしが言いたいのは、客観情勢から究極の論理が形成されていくってことだけど」

「究極の論理とか、客観情勢とか、口からでまかせを言うなよ。そんな大口をたたかれるから、俺はあなた方の共産党が嫌なんだ」

あたかも火事場に風を招いたかのようであった。ターメーが叫んだ。

「ティンウーさん、あなた、その言い方は何よ！」

「いくらでも言ってやる。共産党は嫌だ。あなたのことも嫌になった。そら、言ったろう」

それが止めだった。ターメーを支えていた唯一の杖が、取り払われたも同然だった。ターメーは、もう自制することも、取り繕うこともできなかった。

「ティンウーさん！……」と、大きく涙声で叫んで彼女は泣き崩れた。

ターガウンはいても立ってもいられない。だが、何も口をはさめない。何もできない。顎をそらし、首を手でさするばかりだった。ややあって口を開いた。

「うーむ、ティンウー中尉も、先生も、そんなふうにやっちゃいけねえ。同志らしく、冷静に話さなきゃならねえとも。うーむ……弱ったな」

ターガウンは部屋を出て行った。ティンウー中尉は行きつ戻りつし、ターメーはしゃくりあげている。

嵐が静まると世界に透明な静寂が訪れるように、ティンウーは言いたいことをぶちまけると、心が澄み切って落ち着いてきた。ターメーも号泣してしまうと、心に平安が訪れてきた。ティンウーはターメーのそばにやってきて立ち、柔らかな声で言った。

「ター、僕が間違っていたよ。つい怒りに任せて口がすべってしまったんだ。さあ、落ち着いて。泣かないでくれよ。男と肩を並べて抗日革命に加わった女英雄さん。ぼくが、かっとなって口を滑らせたことを、許してくれよな」

そのように下手に出られて、謝罪の声を聞けば、ターメーの心も、綿に油がしみ込むようにやわらいでいく。その一瞬、彼女は自分自身を憐れみ、ティンウーをも憐れみ、世の中のすべてに憐憫《れんびん》の情がわいてきた。

「いいのよ、ティンウーさん。怒りに任せて口が滑ったのは、わかってたわ」

「今夜、ターが言ってたことをもう一度考えるよ。……ねえ、ター、武装解除というのは、ちょっとやそっとの話ではないもの。ターに言われたことも入れて、ぼくは考えるよ」

「あたしも、ティンウーさんが言ったことを合わせてもう一度考えるわ。お互いの真剣な気持ちは信じられますもの」

「じゃあな、夜も更けた。ターも、もう帰ったほうがいい」

ティンウーはターガウンを呼んだ。

ターガウンが部屋に入ってきた。ターメーはそそくさと涙を拭き、ゆっくり立ち上がった。ターメーが先に部屋を出て、ターガウンがそれに続いた。ティンウー中尉は、階段の上からそれを見ていた。ターメーたち二人が階下に下りるまで、彼はその場にたたずんでいた。……彼は言葉を失っていた。何も考えられずにいた。

5

潮が引いていた。

水流があるのは、水路の真ん中あたりだけで、岸沿いの部分一帯に泥地があらわれている。泥地は水に濡れ、つやつや輝いている。泥地の上に、赤や黄の縞など、さまざまな色柄のとても美しいトビウオたちが腹ばいになって、あちらこちらへと転がっている。岸辺にあるムラサキミズヒイラギとヒルギカズラの潅木や、ニッパ椰子は、水がどこまで上がってきたか痕跡を示している。それらは、水が上がった箇所まで泥に汚れ、上の部分は青々と生い茂っていた。

ターガウンが小舟を漕ぎ、ターメーとカラーは、浸水がひどいので水を掻き出すのに余念がない。

オオバナヒルギの木陰にやってくると、ターガウンは二本のオールを片手に持ちかえた。

「うーむ、岸に着けて舟を修繕するとしよう。このあたりは泥が良いからな」

カラーは水を掻き出すのをやめて立ち上がった。それから腰に手を当て、体を伸ばすような所作をした。

「どうかよろしくお頼み申しますよ。お宅の舟ときたら穴だらけさ。こんな調子で水を掻き出してりゃあ、おいらも腰が曲がりすぎてお陀仏になりそうだからよ」

ターメーがくすっと笑った。ターガウンはにんまり笑ってカラーを見ながら、接岸した。カラーが泥をすくい取る。ターガウンが穴を探して泥でふさぐ。そうして穴をふさぎながら彼は、それを眺めているターメーに声をかけた。

「なあ、先生よ、わしは鉄砲を返還する問題をようく考えてみた」

ターメーが別の穴をさした。

「あそこにも一つ穴が。カラー君、泥をもっとすくい取ってね。で、ターガウンさん、考えた末にどういう結論が出たの？」

腰をかがめて穴をふさぎながらターガウンが言う。

「わしはやっぱり、万一の時に備えて鉄砲をしまっておきてえ。先生よ、最悪の場合、自衛には使えるとも」

「ねえ、ターガウンさん、あたしたちがまずやるべき基本は、復興活動と民衆の組織化よ。その活動に鉄砲はいらないわ」

穴はふさがった。小舟は動き出した。ターガウンは二本のオールを片手で持って漕ぎながら、また口を開いた。

「なあ、先生よ、わしはやはりね、万一のときに備えて、鉄砲を隠しておきてえ。最悪の場合、飛行機から落としてもらったのだけ返還して、わしらが自力で手に入れたものはしまっておきてえんだよ」

「結構よ。もちろん、ターガウンさんの気持ちひとつですよ。……だけど、わかってもらいたいのはね、今、当面やらなきゃならないのが復興活動だということなの。荒れ放題の田んぼを、また耕せるようにするとか、戦火で家を失った大勢の人々に家を建ててやるとか、そういったことなのよ。それができるように、民衆を組織しなきゃ。農民同盟[39]なんかを結成しなきゃならないの」

ターガウンはオールを両手に持ちかえて漕ぎ、意欲を見せた。

「そういうことなら、ここから戻り次第、農民同盟を作ることにしよう。復興活動をやることにするよ」

カラーも勢いよく口をはさんだ。

「ターガウンさんたちが同盟を作ったら、また日本の軍票が使えるようにしてくださいよ。今日から、おいらも同盟員だと思ってください」

組織固めについての意識を強化させようと、ターメーがさらに語る。

「ターガウンさん、カラー君、貧しい民衆のための復興活動に一番立派な武器は、ライフルでもない、マシンガンでもない、組織作りです」

カラーは満面に笑みをたたえた。

「そうだね。俺たちはライフルもいらねえ。マシンガンもいらねえ。同盟だけがいるんだね」

小舟は安定した速度で進んでいく。三人はともに復興活動に意識を集中し、沈黙してそれぞれの思いにふけっていた。

たしかに復興活動は必要であった。それは、彼ら三人どころか、川筋一帯で出会うすべての人々から支持されるであろう。そう、全国民から支持されるであろう。

かつて、我々の水路や田には水が満ちていた。やがて稲はエメラルド色に輝き、最後に実った稲穂が黄金に波打った。

その黄金色に染まる稲穂は、我々に油や、塩や、唐辛子や、絹や、繻子や、木綿や、砂糖椰子や、竹や、木材を与えてくれた。それは、竹笛が流れるのどかな村を我々に築かせた。磬《けい》の音に心も晴れやかになる寺院仏塔を、我々に建立させた。

いまや、その田は耕す者の手から、金貸しや債権者たちの手に渡っていた。耕す者は自分の田畑を失った。

戦争という疫病神も田を荒らした。セイケイ鳥も田を荒らした。鼠も田を荒らした。

今、これらの田は、エメラルド色を帯びることも叶わず、黄金色に染まることも叶わない。

復興活動が求められないわけがあろうか。復興活動のために、ターガウンやカラーが農民同盟を必要としないわけがあろうか。

カニ村農民同盟、ピャーポン郡農民同盟、全ビルマ農民同盟本部、全ビルマ労働者同盟[40]、市場同盟、輪タク同盟、馬車同盟、バス同盟、理髪同盟、青果仲買同盟、あらゆる同盟がそろった。

こうして、連続してイギリスに対する革命を闘わず、武装解除がなされ、カンディー条約[41]によって、ビルマ人武装勢力の一部が帝国主義者の軍靴のもとに編入されて、その多くが解散させられたとき、革命家たちは意気消沈し、深い闇が広がった。

しかし、「組織活動は武器」というスローガンによって誕生した各種の同盟が、民衆に光を与え、新しい力をもたらした。

同盟の指導のもと
不正を撲滅せん
我等に触れるな
目にもの見せん
我等をなぶるな
触れようものなら容赦せぬ
いざ農民の政府を造るため闘わん
団結は武器　我等が武器
我等闘う　しかるべし
分裂主義者ことごとく

真の敵ゆえ　粉砕せん

歌声が国中にこだましていた。農民たちの胸に、貧しい労働者大衆の胸に、こだましていた。

6

バラ軍曹は、新規再編されたビルマ正規軍に入らなかった。故郷のチャウセーにも戻らなかった。妻を娶とったピャーポンに居を定め、喫茶店を開いた。店の名を選ぶ際、妻のニェインから「喫茶バラって呼びましょうよ、あなた」と提案され、いまやその名は町中に知れ渡っていた。バラがニェインと結婚できたのは前世の功徳の賜物だと、みんなが言った。ニェインは長身で、顔のつくりも感じがよく、少しだけ眼が細かった。バラを最も夢中にさせたのは、その笑顔とえくぼだった。ニェインは働き者だった。しまり屋だった。商いのこともよく理解した。

「喫茶バラ」は桟橋近くにあったので、午前中はとりわけ賑わった。バラには昵懇《じっこん》な間柄の者が多く、もしも彼の好きにさせたら、付けをきかせたであろう。しかしニェインが、バラ直筆の「本日付けはお断り」という書付をつるし、それをきっちり励行したおかげで、小さな店は日増しに繁盛していった。

その日はことのほか客が多く、バラは目が回るような忙しさで紅茶を淹《い》れていた。匙で攪拌《かくはん》する回数もおびただしく、手が疼《うず》かんばかりであった。しかし、彼は疲れを感じなかった。満足至極であった。その手つきはよくはずみ、舌先きも調子よく回っている。

「ほれ、元同志諸君！　大急ぎで淹れたよー！『人民慈愛号』ラマウン社長ご一行のテーブルに四杯、上がりぃ！」

ラマウンは微笑んで、バラのほうに目をやった。バラは彼を見ず、もっぱらせっせと次の紅茶を淹れている。小僧が四つの紅茶カップのうち、三つを重ね持ち、彼らのテーブルへ運んでいく。

ラマウンのテーブルには四人が座っていた。ラマウンは小型汽船「人民慈愛号」船主である。イギリスが逃走し、日本軍が侵入した折、インドへ退却していったインド商人たちに替わって、ビルマ商人が事業に進出できると踏んで奮闘した男である。しかるに、目算は合わなかった。石鹸を作ったり、酒を造ったり、大きなサンパン（木造平底船）で上ビルマ[42]へ上ったり、さまざまな商売に手を出すうちに、日本占領期が過ぎていった。戦争が終わるや、彼は大型サンパンを売り払い、小型汽船を一艘買った。乗客や荷が多かっただけでなく、ラングーンへの行きは魚を、帰りは氷を恒常的に積めたので、事業は安定していた。

親愛なる読者諸氏には紹介済みであるミャは、ピャーポン郡の共産党書記長になっていた。共産党はピャーポン市二番通りのとある家の一角に真紅の大看板を掲げ、堂々と公然化していた。ミャと七名の同志が党専従職員となって、共同生活をしていた。彼らは農村部の至るところに入り、農民同盟を自ら組織した。都市部でも、彼らが自ら市場同盟を組織していた。彼らの勤勉さと純粋な心根は、都市部の人々から賞賛された。

ラマウンやミャと同席する残る二人は、ラングーンの講座に出かけるイエーラとネーウィンだった。彼らはシャンバッグをそれぞれ肩に掛けている。

ラマウンは紅茶を一口すすった。

「俺はね、船をもう一艘走らせる段取りをしている。そのあとは、どうにかなるだろうさ。俺の見たところじゃ、イラワジ航運会社[43]は、まだなかなか戻ってはこれないと思うんだが」

ミャは番茶のやかんを持ち上げて見せた。

「おーい、バラ君、バラよ、番茶を入れてくれよな」

そう声をかけてから、彼はラマウンに向きなおった。

「ラマウンさん、その考えはまずいね。政府とイラワジ社が結託すりゃ、俺たちはぐうの音も出ない。俺が聞いたところじゃ、政府はイラワジ社に融資するらしい。その金でイラワジ社は復興事業をおこなう。そのあと、戦時中の損失に対する賠償金という名目で、政府がその融資金をイラワジ社に供与するっていう話ですよ」

「くそっ、油断ならんね。植民地主義者どもめが！」

「だからね、俺たち一同は民衆のみなさんと一緒に、その植民地体制をやっつけようとしているんですとも」

「どんどんやってくれたまえ。どうぞ、どうぞ。わしらは、社会党だの共産党だのと区別しませんよ。みなさんを支持するだけさ」

「どこの党にも入らないんですかい」

「俺には党は必要ないよ。パサパラに入っているんだもの。……さて、そろそろ船が出航だ。で、あなたはラングーンに行くんじゃないのかね」

ラマウンはミャにそうたずねてから、ニェインに声をかけた。

「紅茶と葉巻でいくらかね。金を取りにきてくれたまえよ」

ミャとその隣の二人の同志が立ち上がった。

「ぼくは行きません。この二人は我が党の者なんだけれど、用があってラングーンに行くんで、乗せてってもらいたいんですよ。いつものことだけれど」

ラマウンは紅茶代を支払いながら言った。

「いつものように、来世のために功徳が積めるってことさ、ハハハ」

まもなくして、「人民慈愛号」が出航した。その後、「徳高き人号」と「勇者号」も相前後して出航した。ボウガレー行きの「全国著名号」は、まだ乗客が満員になっていない。

ミャは便乗させてもらう舟を探し出して、対岸のオンビンセイ村に渡っていった。

バラは紅茶を淹れるのに余念がない。

7

小さな姉《あね》さま　花飾り
山の尾根から若者が手折《たお》りきた
黄色の花　葉柄にエメラルド色の水塗りて　蔓草は緑に濡れ……

二五人の子供たちの中から、八歳ばかりの少女が起立して、教科書を読んでいる。少女は、布をつぎはぎにしたロンジーをはき、おかっぱの頂に髷を結っている。粗織り木綿の汚れたブラウスを着ている。少女の父は、五〇エーカー弱の水田を耕す小作農である。

ターメーは、自分の前の机に本を置いた。

「この歌に節をつけて歌える[44]人は？」

教室中が静まり返り、子供たちは互いにしげしげ顔を見合わせた。ひどく肥満した男児が、身ごもっている大豚さながら、えっちらおっちら大儀そうに立ち上がると、クラス中の子供がにたにたと彼を見つめた。彼には、村長の父がつけたキンマウンという名があるが、子供たちはそう呼ばず、「大豚」としか呼ばない。大豚は立ち上がるや、いつもやるようにロンジーを締めなおした。

「先生、僕が歌えます」

寡婦のプワーコウの娘のティンイーがくすりと笑うと、クラス全員が声を上げて笑った。大豚は気にも留めない。

「小さい猫さん／花稼ぎい／山の畝からあ／若者たちがあ……」

節をつけるのではなく、掛け算の九九を暗誦するような調子で大豚が唱え出すと、クラス中がどっと沸いた。教師のターメーまでが、クスクス笑っている。そうこうするうち、ほかの子供が笑い終えても、二人の子供がおさまらない。糸を引くように笑い続けているので、再びクラス中が笑いの渦となった。ターメーは、机を籐の鞭で叩いて静粛にさせねばならなかった。

農業労働者レートーのチッミという娘が起立した。彼女は九歳ばかりである。つぎをたくさん当てたロンジーをはき、かわいそうにブラウスはない。父親は娘を学校にやることを固辞したが、ターメーが説得して無理に通学させている。チッミは腕を組んで恭順の意を表し、厳《おごそ》かに言った。

「先生、歌ってください」

タイマウンがすばやく立ち上がった。彼は、エビを加工する筏で働くカウの息子で、父親は、筏の上で湯を沸かしたりカラスを追うなど雑用をさせるために、息子を筏に連れていきたがった。

しかし、ターメーを崇拝する妻のニュンインが、ターメーから「息子さんの学力がつくよう、少しの間だけでも、うちの学校に来させてやって」と言われたため、通学させているのである。タイマウンのロンジーは木の皮で染めた粗織り木綿で、上半身は裸だった。彼は頭がよく、勤勉だったうえ、敏捷でもあった。彼もチッミのように腕を組んで恭順の意を表し、厳かに言った。

「そうです、先生、先生がお手本に歌ってみせてください」

あちらからも、こちらからも、「そうです！　先生」と声が上がり、教室は騒がしくなっていく。ターメーは机を籐で叩いて静粛にさせてから、椅子から立ち上がった。彼女は近くの窓枠に、あたかも花咲き乱れる蔓草で編んだブランコに座るかのように横座りした。

ターメーの声はすがすがしく澄んでいた。歌いぶりは素朴ながら巧みだった。歌そのものもまた、実に素朴なものである。しかしそれは、オニカッコウの歌声のように、聴く者を魅了せずにはおかなかった。クラスの子供たちは、うっとり魅入られていた。彼らは静まり返って、じっと耳を傾けていた。歌が終わっても、静まり返っていた。

タイマウンが立ち上がって、またせがんだ。

「先生、ほかの歌も歌ってください」

「そうです、先生」

一人が一言ずつ発する声で、またもや教室が騒がしくなっていく。ターメーは机を籐で叩いて静粛にさせてから、求めに応じた。

白き蓮　赤き蓮　茶色き蓮とりどりに
我らが田野に　咲きいでん
田植えの帰り　大きな池にて
蓮を一束　摘みきたれ
花と蕾　馥郁《ふくいく》たる蓮
何に使うや　乙女ごよ
蓮の茎を　両切りに
連ねて　首に飾らんと　飾らんと

歌が終わるや、「ワンスモー、ワンスモー……」という誰かの声が聞こえてきた。

ターメーは歌に気持ちを込めており、自分が歌っている間に誰かが教室の入り口に来ているのに気がつかなかった。子供たちも歌に聞き惚れていて、先生の顔ばかり見つめていたので、誰かが入ってきたのに気がつかなかった。

ターメーは声のしたほうへふり返った。子供たちもふり返った。ターメーは仰天してしまった。しかし、たちどころにターメーの顔から驚きは失せ、喜びが宿っていく。

「まあ……ティンウーさん！」

ターメーは横座りしていた窓枠から下りて、ティンウーのほうへ歩み寄った。

「まあ、ティンウーさんたら……いつからいらしていたのかしら」

ティンウーはかなり前に来ていた。ティンウーの前の戸口には、大きな包みも置かれている。

ティンウーは抱えていたレインコートをその包みの上に置き、レインハットを頭から脱いだ。満面に笑みをたたえて、彼はターメーのほうに歩いてくる。彼のロンジーは茶の細かい格子模様で、上衣は灰色だった。

ターメーは椅子をさし出した。

「何の御用で、どちらからのお帰りですかしら」

「予期せぬお客ってところだね」

「あたりまえよ。予期するわけなんてありませんよ」

「そりゃ、共産党のところへ社会党がやってくるなんて、思いもよらないことだからね」

「よくおっしゃるわ、皮肉ばっかり。さあ、どうかお座りになって。社会党と共産党は兄弟ですもの」

「それから？　どんな関係？」

「兄と妹よ」

「それから？……ハハハ」

「それから？　それからね、同胞だわ……フフフ」

ティンウーは、ターメーがさし出した椅子に座って、クラスの子供たちのほうへ顔を向けることになり、ターメーは子供たちに背を向ける格好になっている。一人の少年が起立し、人差し指を立てて見せると、ティンウーはいたずらっぽい表情で、人差し指を立てて見せた。

「先生、一本指」

少年の声が聞こえて、ターメーは、笑顔のままふり返った。

「いいわよ」

彼女がティンウーのほうへ向き直り、話し始める言葉を選んでいたまさにその時だった。チッミが起立して、二本指を立てて見せた。ティンウーがいたずらっぽい表情で、二本指を立てて見せると、ターメーはまた子供たちに向き直った。そして、チッミが何かを言う前に言った。

「いいよ。行ってきなさい。早く帰っておいで」

ティンウーはおどけた表情で子供たちを見て、一本指を立ててみせながらたずねた。

「君たち、一本指の意味を知ってるね」

クラス中が答えた。

「知ってます、先生」

ティンウーは二本指を立ててみせた。

「君たちは二本指の意味も知ってるんじゃないかな」

「知ってます、先生」

ティンウーが三本指を立ててみせた。

「君たち、三本指の意味はどうだい？　知ってるかい？」

クラス中が静まり返っている。その中で、奇しくも大豚だけが、「知ってます、先生」と答えたので、クラス中がどっと笑った。

「じゃあ、言ってみたまえ」

大豚は、身ごもっている大豚さながら、えっちらおっちら大儀そうに立ちあがり、いつもやるようにロンジーを締めなおした。

「小便と大便をいっぺんにやるって意味なんでーす、先生」

大豚がそう答えると、クラス中がどっと沸いた。ティンウーとターメーまでくっくっと笑っている。ティンウーは居ずまいを正して言った。

「いや、そうじゃないね。誰か正解を知ってる者は？」

答えをしばらく待ったが、誰も答えずにいる。

「君たち、覚えておきたまえ。三本指の意味は、小便も済んだ。大便も済んだ。おなかがからっぽになった。ご飯が食べたくなったから、家に帰りますって意味だよ」

みんながわっと笑った。

ターメーが大きな包みを見てたずねた。

「あの大きな包みはなあに？」

「子供用ロンジーが五〇枚に、大人用が五〇枚に、荒織り木綿地が五巻き。軍の福利厚生部からもらってきた。この村の生徒たちや貧しい人たちに配るためさ」

「そりゃ、うれしいことよ、ティンウーさん。とてもいいあんばいだわ」

そう言ってターメーが荷物のほうへ歩いていくと、ティンウーもそれに続いた。ターメーが荷を解いてあらためた。

「着る物がないのは、村人たちみんなよ。これくらいじゃ足りそうにないわ」

「政府はね、みんなに行きわたるようにと考えて支給してくれるんじゃない。宣伝によかれと考えて支給するんだよ。だけど、お上のやることについては、くれるものはもらい、必要なものはさらに要求せよと言うだろ。とにかくありったけ運んできたんだ」

彼らは生徒たちにロンジーを一枚ずつ配った。生徒たちは喜びの言葉を口にしながら、はしゃいで飛んだり跳ねたりしている。ロンジーを一枚ずつ配るにとどまらず、授業まで終わりにした。生徒たちが帰宅すると、ティンウーとターメーだけが残った。二人はお互いにじっと見つめ合うと、微笑んだ。「二人きりだ」という意識が、恋人たちの目によぎると、ターメーはそれ以上視線を重ねることに耐えかね、横の窓のほうに眼をそらせた。ティンウーのほうは……ターメーだけを見つめている。しばらくの間会話のきっかけも見出せず、二人は愛の磁力に身を任せていたが、ターメーのほうから口を開いた。

「着る物がなくて、学校に通えない子供たちだって、わんさといるわ」

「教師の仕事って、とてもやりがいがあるんだろうね」

「そうよ、楽しいわ。それに、村にとっても、学校はなくてはならないものなの。だから、村の決定に従ってボランティアで働いているの」

「あっぱれだね。立派だよ、ター。……ところでね、党は別々でも、民衆のために尽くす際には、社会党も共産党もがっちりスクラム組んで、こんなふうに一緒にやれたらいいね」

「やれるよう努力しなきゃならないわ。さもなきゃ、民衆まで分裂するかもしれない」

再び会話が途切れてしまった。彼らはそれぞれの思いにふけった。しかし、彼らは二人の行く末を考えていたにほかならない。ティンウーは、所属政党の相違が二人の仲を裂くことにならないかと悲観的な思いに駆られ、ターメーは、二人が手を携え民衆のために尽くしている姿を思い浮かべていた。

二人はまたじっと見つめ合って、微笑んだ。今度もターメーが合わせたまなざしを、あらぬほうへそらせた。

「さあ、残った服や布を配りに村へ行きましょう。誰がどんなに貧しいか、あたしがよく知っているから」

カニ村では、かなり多くの女たちがブラウスを着ていなかった。女たちは四六時中、水浴時のようにロンジーを胸元まで締めたままで過ごしていた。中には、恥も外聞もなく胸を露わにしている女もいて、よそ者の姿を見ると家に逃げ込んだ。男たちの中には、よい柄のロンジーをもらっても、汚れや日照りに耐えるようにと、木の皮で染めてはく者もいた。はおるものがなく、カヤツリグサで編んだ茣蓙《ござ》をはおる者も少なくない。ジュート袋がはおれる者は、まだましなほうだった。

二人は一軒また一軒と訪問した。ティンウーにはそれまで、田舎の人間は貧しいといった一般的な認識しかなかった。いまや彼は、それを自分の眼で見て確認するところとなった。それに彼は、彼らがこれほど貧窮しているとは考えられもしないでいた。

とある掘っ立て小屋の前で、木の皮で染めたロンジーをはき、上半身裸の四十年配の男と、ロンジーを胸元で締めた二人の女と、五人の裸の子供と、上衣のない十歳ばかりの少女二人を見かけたとき、ティンウーは名状しがたい思いにかられた。この一〇人のうち、一人の女が男の妻で、もう一人は寡婦となったその姉だった。子供たちは二人の女の子供だった。

また、ティンウーとターメーは、カラーの家を訪れた。カラーの両親はすでに亡い。三人兄妹のうち、彼が生計の主たる担い手だった。ティンウーとターメーの訪れに、彼の喜びようは尋常ではなかった。二人を無理やり座らせ、干し魚を炙《あぶ》り、番茶までふるまった。

カラーが、裸の背中を小屋の柱に擦《す》りつけて掻《か》きながら言う。

「弟のタロウはね、水牛追いに出ています。妹のピューは、いるんだけど、お客が来たら家の中へ逃げ込むんで」

「どうしてだい？」

ティンウーがたずねると、カラーは目を白黒させていたが、しばらくして、柱で背中を掻きながら言った。

「ブラウスがないんで、ロンジーを胸んところで締めてます。そのロンジーもぼろで体が隠せねえから、恥ずかしがって奥に引っ込んでるんで」

カラーは大声で奥に呼びかけた。

「ピュー、おいでよ。出てこいよ。こちらは赤の他人じゃねえよ。おいらの先生だぜ」

ターメーも口ぞえした。

「ピューさん、おいでなさいよ。本当に先生ですよ。知らない人じゃないわよ。出ていらっしゃいよ。ロンジーもらえるし、ブラウスも一着もらえるわよ」

ややあって、十六ばかりの娘が出てきた。その肌は、こんな辺鄙《へんぴ》な土地の掘っ立て小屋には似合わず、驚くほど白く輝き、胸元に締めたロンジーの上の露わになった肌の部分には青い筋が見える。顔の造作も美しく整っている。ピューは両手を胸の前で交差させ、掌で肩をおおっていた。

「今年籾米が穫れたら、こいつにロンジーと上着を少なくとも一揃えは買ってやろうと思ってるんだがね」

ティンウーは、ついピューに目がいってしまう。彼女の美しさへの感嘆と、その貧しさへの憐憫が、彼の表情に羞恥をもたらしていた。

怪優サインタモと呼ばれるほど醜悪な容姿に生まれついたカラーは、自分をさいなむ障害の苦悩を、弟や妹を誇ることで溶かすのであった。

「おいらの妹も美人だけど、弟もいい男だよ。おいらは、こいつらのように美形じゃねえが、品がいいって言われてるんだ。へへへ」

ティンウーとターメーが布地を配布し終えて学校に戻ってくると、すでにターガウンが到着していた。ターガウンは農民同盟議長となっており、村長以上の影響力を持つ人物であった。それが村長には忌々しかった。一〇〇エーカー以上の土地を持つ地主のチュエーも、ターガウンが小作農や農業労働者どもをおだてあげて増長させていると考え、忌々しくてならなかった。二人は共に、ターガウンと極力口をきかないようにしていた。それなのに、その日はティンウーが来訪したというので、彼らはターガウンに接近し、ティンウーを食事に招きたいという言《こと》付けをよこしてきた。

「はじめは、わしの家で料理しようと思いましてな。鶏を一羽締めてあったんで。あの二人がご馳走するというからには、そりゃもっと豪勢なものを召し上がっていただけるでしょう。……それにね、ティンウーさん、わしの家じゃ皿も茶碗も揃っとりません」

ターガウンはそう説明した。ティンウーは、村長や地主と食事をする気になれない。ターメーの村に来たときくらい、彼女と食事や行動を共にしたかった。ターメーの家で食事するのは具合が悪いとしても、親しい間柄のターガウンのところなら、人聞きもよかろうというものだった。

「ねえ、ターガウンさん、お皿がないからどうだっていうんです。僕が村外の者だからって、余計な気を遣っておられるんじゃありませんか」

使いをやって、食事を遠慮する旨チュエーに伝えさせると、どうしてもお茶だけはと招かれ、断りきれずにティンウーは出かけていった。チュエーの家には村長も来ていた。紅茶を飲みながら、チュエーと村長から社会党と共産党は何が違うのか聞かれ、「さほどたいした違いはありませんね」とティンウーが答えると、二人はじっと考え込んでいた。村長がのたまった。

「じゃが、その……農民同盟というのは、共産党ではありませんかな」

「そうです。彼らが農民を目覚めさせようとして作ったんですから」

村長とチュエーは口々に、本当に農民のためを思って農民同盟を作ったのなら、自分たちも支持するにやぶさかではないが、ターガウンのような人物が本気でそんなことをやるとは思えない、ティンウーのような社会党員が村に来て農民を組織するなら、支援する用意があると語った。

ティンウーが学校に戻ると、食事の席が整っていた。食事をして、食べ終えるやすぐさま、潮の流れに間に合ううちに、出立せねばならない。

ターメーの二人の伯母のうち妹のほうが料理上手で、手際もよく、味わいは格別であった。サトイモの茎のスープ、揚げ魚、キュウリのサラダ、そしてターガウンの鶏肉カレーは、いくらでも食べられた。一緒に食べながら、ターメーが優しくもてなしてくれるので、ティンウーにはことのほか風味豊かに感じられた。恋人たちの心は、この食事の場から、つい想像をたくましくして、将来結婚した暁に享受するはずの感慨へと飛んでいく。一体いつになれば、夫と妻という新たな関係で愛を築くことができるようになるのかと、彼らは心中密かに問いかけていた。

そんな具合に、思いに浸って食べながらも、ターメーが突如問いかけてきた。

「チュエーさんたちは何て言ってたの」

彼らとの話の内容を披瀝《ひれき》してから、ティンウーは力なく言った。

「ねえ、ター、共産党と社会党が統合しなかった[45]のがよくなかったと思うね」

「あたしもそう思うの。でも、これは中央から始まったことだから、厄介なのよね」

「本当に厄介なことだよな。誰にとってもよくなかったよな。俺とターの二人にとっても……」

ティンウーは言葉を続けず、悄然と思いにふけっている。ターメーは胸がどくんと鳴るように思えた。心臓がえぐられるような気がして、胸苦しさを感じた。ターメーはこのことを、いかなるときも考慮に入れたことがなかった。二人の愛と政治的見解や所属政党の相違は別問題だと、心の中できっぱり分別していたからか。それとも彼女が、愛情が基本で政治的見解の相違は表層的な問題だと思っていたからなのか。実のところターメーの心には、愛し合ったら一緒になるものだという思い込みがあるだけで、愛して後に別離が来るのではという疑念は、いつかなるときも、その心に浮かんだことがなかった。今しがた、ティンウーに言われるまでは……。

食事が済み、食器を片付ける段になっても、ついターメーはそのことを考えていた。潮の流れに間に合うようにと、慌ただしく小舟に乗って去っていくティンウーを、ビンロウ樹の細い幹を握ってじっと見つめながらも、つい彼女はそのことばかりを考えていた。

8

全員が集まった。総勢九名であった。

彼らの中でティンウーだけが、読者諸氏と懇意な人物である。

ソウマウンは色黒で額と顎が突き出し、人相が悪かった。彼は日本占領期間中を通じて少尉として軍に奉職した。アウンヂー中尉を介して人民革命党と接触した。共産党との統合協議挫折後、社会党が創設されると[46]、彼は除隊してラングーンのケメンダインの中華学校通り[47]で開かれた社会党の講座に出た。ピャーポン郡の社会党では、ティンウーが議長となり、彼が書記長となっていた。

ルンティンはまだ二十四歳くらいで、色白で、背丈は人並みで、頭髪が多かった。彼は抗日革命で初めて政治活動に足を踏み入れ、ソウマウンを介して社会党に入った。講座などには出ていない。しかし、講座の講義ノートは読ませてもらっていた。

チッペーは彼らの中では最年長であった。四十を越えていた。彼は最初教師をしていた。後に我等ビルマ人協会タキン・バセイン派[48]に加わった。イギリスが逃走し、日本軍が侵入してきたとき、彼はタキン・ヌたちと一緒にマンダレー刑務所を脱走[49]した。日本占領期はずっとマハーバマー党[50]勤労奉仕隊長を務めていた。いまでは緬方薬[51]を売るかたわら、社会党の活動をしている。彼はナガーニー図書クラブ[52]発行の書籍を読んで、その受け売りに長けた人物だったうえに、我等ビルマ人協会の古参活動家でもあったことから、政治的有能さでその右に出る者が一人としていないと、ピャーポンでは思われていた。

キンゾーは、抗日革命中にタキン・ソウと行動を共にした。しかし、武器を隠すべきだとふれて回って、タキン・ソウから極左日和見主義の烙印を押され、その日以来タキン・ソウと袂を分かった。後日タキン・ソウの重婚[53]を知って、ますます彼は共産党を敬遠した。彼はティンウーを崇拝していた。ティンウーの命令ならば何がなんでも従おうと社会党に入ってきた。

チョーニュンは背が高かったが、かなり肥満しているので、長身には見えなかった。おまけに、丸々していても体は柔軟で、敏捷だった。彼はタメイントー村の教師である。最初は共産党員となり、タメイントー村農民同盟書記長をしていた。その後、同盟員の多くが彼に不満を持って書記長を解任すると、彼は社会党に入った。

タウンタンは長身でやせぎすである。カレッジで学業を続けたかったが、まだ大学が再開されず、それが叶わない。父親は五番通りに住む地主だった。社会主義の文献をかなり読んでいた。しかし、それはマルクスやレーニンやスターリンの社会主義ではない。コールやラスキー[54]などもっぱらイギリスの社会主義者の著作を読んでいた。

ティッは、ビルマ国民軍時代にティンウー中尉の下で伍長として奉職した。父親は、チョンカドゥン村の自作農である。彼は勇敢で忠誠心があった。農民の息子らしく、農民は組織されるのが最良だと、誰に言われるまでもなく理解しており、共産党を訪れて、チョンカドゥン村農民同盟の結成まで勧めていた。

最後がタンタンミンであった。

彼女のスクール・ネームはデージーミンである。父親はほかならぬ、かの富裕な地主のミンであった。日本軍の侵入直前、彼女は十四歳で、九年生になっていた。日本占領期間中は学校に行かなかった。今も学校には行っていない。

コンベント・スクール在学当時、デージーミンは政治という言葉すら耳にはさんだことがなかった。ビルマ語新聞やビルマ語週刊誌などには見向きもしなかった。英語のユーモア雑誌や映画週刊誌や小説を読むうちに年頃になった。娘となって後も、学校で飛んだり跳ねたりして、のびのびと成長した。学校が休みになって帰省しても、町中の通りをくまなく自転車を乗りまわし、バドミントンをやり、自由奔放に育った娘であった。

彼女は金に困るという経験がなかった。規則正しく、食べる、登校する、遊ぶ、寝る。そして欲しいときには欲しいだけ、必要な金が届いた。

かくして大戦が到来し、デージーミンのビロード敷きの人生の道筋は、たちどころに方向転換していった。ビルマ独立軍のボウ・テーザや、ボウ・ヤンナインや、ボウ・タウテイン[55]などの名声がその耳に入ってくるようになった。彼女も「アウンサン将軍の歌」を歌うようになった。日本兵がどこそこで誰それの頬を叩いたという話を聞くと、「野蛮人たちよ！」と彼女は罵《ののし》った。日本兵がどこそこでどこの娘を強姦したという話を聞くと、家に駆け上がりながら、「ねえ、ダディー！　ゴーカンってなんなの！」と大声でたずねた。伯母がそれをたしなめ、そっと耳打ちすると、「犬畜生たちよ！」という言葉がその口をついて出ていた。いつの間にか彼女は、東亜青年連盟の領域へと入り込んでいた。

アウンサン将軍という名を聞いた日から、タンタンミンは民族精神や独立などという言葉を理解していった。

彼女は日本占領期に母親を亡くした。父親のミンはなおさら彼女を甘やかし放題にした。武術を習いたいと言われると、家に師匠を招いて教えさせた。

彼女は抗日革命に加わらなかった。まさか彼女が加わるとは誰も思わず、革命勢力からの接触がなかったのであった。

かくして彼女は成長し、今や十七を過ぎ十八になろうとしていた。活発であった。しかし、軽薄ではなかった。のびのびと生活し、行動し、ものを言った。しかし、無秩序さや下品さとは無縁であった。不正不当な行為に眼を瞑《つむ》ることはなかった。とはいえ思い上がって誰彼かまわず食ってかかるわけではない。彼女は正直で、率直だった。

飛んだり跳ねたり、スポーツをして成長した娘相応に、十八とはいえ立派な娘盛りの体躯をしていた。のびやかでメリハリのある体型であった。いかなる動作をしても故意にそらせているかと思えるほど胸が豊かだった。しかし、その尻や胸は、婚期を逸した娘たちや年若くして結婚した女たちのように弛緩してはいなかった。その顔も、花弁が開いて花芯が立ち上がっている花ではなく、花弁が口を開け始めて、中の色彩が顔を覗《のぞ》かせ始めた蕾にも似ていた。

タンタンミンは社会党員ではなかった。大学生のタウンタンがティンウーに、「あの子は民族精神がありますよ」と言ったが、ティンウーは信じなかった。ミンの娘だからなおさら信じなかった。タンタンミンは、民族精神も、抗日も、アウンサン将軍も、ファッションにしている。ティンウーはそう考えた。ある日のこと、再びタウンタンが言った。

「あの子はカンタベリー司教の書いた『The Socialist Sixth of the World』[56]って本を読んで、社会党員になりたいって言ってます」

かくして、タンタンミンはティンウーに引き合わされた。ティンウーは、タンタンミンに善意と誠意があり、正直であることを知った。世界観に関してはまだ何の明確な考えもない彼女には、鋳造したいように型にはめ込む可能性があるとみた。それゆえにタンタンミンは、この会議の席に連なったのであった。

ソウマウンはラングーンから昨日午後戻ったばかりで、ラングーンの党本部の指令をたくさん持ち帰ってきた。

「バスエーさんやチョーニェインさんと直接会ってきたんだ。我が党の創設前に、共産党と統合協議をした話を詳しく聞いてきた」

「そのことなら、とっくに新聞に載ってるぞ」

チッペーが口をはさむが、ソウマウンは話を続けた。

「チョーニェインさんたちは、共産党が設立した農民同盟で一緒に活動しようとまで申し出たそうだぜ。するとタキン・ソウやタキン・タントゥンがどう言ったかわかるかい？」

タメイントー村の元共産党員チョーニュンが顔をしかめた。

「そりゃあ、まだ聞いてなかったな。だけど奴らのことだから、一緒にやったところで、裏で何かやらかすに決まってるぜ」

「彼らはね、こっちはこっちで同盟を作る。そっちはそっちで同盟を作れ。張り合えよ。強い方が勝つ。最後は一本になる。そう言ったそうだ。だからね、チョーニェインさんから特別に依頼された。農民同盟に対抗する農民協会を結成するようにってことだ」

チョーニュンが嬉々として支持する。

「うん、そうだ。農民協会を作らなきゃだめだ。いまや共産党は農村部に入り、同盟を結成すると言って大衆を動員して、相当な鼻息だよ。奴さんたちには、どうやら納付金も結構入っているらしい」

考えながら話を聞いていたティンウーが、それを制した。

「慎重にやることだよ、同志諸君。すでに農民同盟があるのに、我々があとから農民協会なんて作れば、農民大衆が分裂してしまうことになるぞ」

トゥンティンが声を荒げた。

「ティンウーさん、あなたは何もわかっちゃいない。共産党はこのうえなく増長している。彼らの勢力の強い村では、我が方はすっかり虚仮《こけ》にされている。我が方と口きくなと言われて、我が方がボイコットされる事態まで生じている。……それにね、政党を結成していながら、それを支える大衆がいないという有様では、赤恥をかくことになる。体面が保てないこともはなはだしいよ」

ソウマウンがそれに続いた。

「その通りだ。ラングーンでパサパラがシュエーダゴン・パゴダ中央塔壇で集会[57]をやったときだって、共産党ばかり威勢がよくて、共産党側の大衆が多いときたから、我々社会党としては、とても肩身の狭い思いをしたよな。だめだよ、農民協会を作って対抗させなきゃだめだ」

ティンウーが遮《さえぎ》った。

「対抗するような大衆組織を作るなんてことで、いいんだろうか、同志諸君」

ソウマウンが主張した。

「それでいいんですよ。俺たちがこれをやらなかったら、俺たちの小さな党は空中分解してしまうかもしれない。ティンウーさん、支持者大衆あってこそ、党は人々から尊敬されるんですからね」

ティンウーはもう反対しなかった。

同盟に張り合う農民協会を設立することが決定された後、タメイントー村のチョーニュンがまた議論を始めた。

「村々じゃ、共産党が人気を取ろうと小作料不払いで扇動して回っている。我々はどうすべきだろうか」

チョンカドゥン村のティッが意気高々と言った。

「もちろん、俺たちだって小作料不払い運動をやるとも」

ソウマウンは説明を続けた。

「その件では、チョーニェインさんにしてもらった提案のほうがずっといいぞ。小作料半減払いだ。地主から要求された分だけは払わずに、それより少なく払うって意味合いさ。そうすりゃ、農民から地主までみんなが我々の側に付くだろうって、チョーニェインさんに言われたんだよ。俺もそれに賛成だ」

ルンティンがそれを支持した。ティンウーは暗い顔をして言った。

「同盟と協会ができたうえに、方針も違う。当然分裂が起こるよな。だけども、社会党として党を確立したきゃ、この道しかないんだな」

みんなの発言にじっと耳を傾けていたタンタンミンが、突如立ち上がった。彼女は、ヒールの高いピンクのサンダルをはいていたせいで、いつもより凛々《りり》しく見えた。マンダレー産の絹の縦縞模様のロンジーをはいている。一同の目が彼女に集中していた。その顔は上気して赤く染まっていく。会議という場で初めて発言するのであった。

「みなさん、それに加えて、あたくしに一つ発言させてください」

導入部分で彼女は一瞬沈黙した。

「共産党が作ったものが、まだあります。キンキンヂー[58]という人が議長です。あたくしラングーンにいたとき、その人に会ったことがあります。その組織は、全ビルマ女性独立連盟[59]って言います。今ピャーポンでも作られています。共産党ガールズはエデュケーションもありません。でも、ひどく生意気です。だからあたくしたちも、独立女性協会[60]を作らねばなりませんわ」

「そうだ、そうだ」

みんながこぞって支持すると、ティンウーが眉を吊り上げ、両手で何かを持ち上げる仕草をした。

「へえ……女性組織まで二つ作って張り合うって言うのか」

タンタンミンは手振りで意気込みを示した。

「イエス。張り合って勝ちますわ」

かくして農民同盟のあるところはことごとく農民協会が出現した。労働者同盟あるところはことごとく労働者協会が出現して張り合った。輪タク《サイカー》同盟と輪タク協会、市場同盟と市場協会……同盟と協会が競合して張り合った。

張り合うとはいえ、同じ活動で張り合うのではなく、別個に独自の路線を敷いて、それらは競合しながら活動した。人々は集まった。相手の隙をうかがい、攻撃をかけた。そして、分裂していった。

団結して抗日革命に参加した革命勢力は、競い合った。路線を分かった。人々は集まった。相手の隙をうかがい、攻撃した。そして、分裂していった。

革命の潮は引いていた。

引き潮となるやホテイアオイたちは、安逸をむさぼろうと、流れに身を任せる。そして、漂ってゆく。

第1部　注

1　**イラワジ・デルタ**　チベット高原南東に源流を持つ全長二〇九〇キロのイラワジ（エーヤーワディー）川が南下し、アンダマン海に注ぐ手前の下流域で形成された、沖積土から成る三万一〇〇〇平方キロの大三角州で、九本の大きな分流をはじめ網の目状の複雑な水路が発達している。密林だったこのデルタにイギリスは、インド移民や上ビルマ没落農民などの労働力を投入し、水田地帯に整備した。

2　**雨雲**　ビルマの雨季は五月頃から九月頃までで、通常これ以外の時期に降雨はない。

3　**カニ村**　ラングーンの西南およそ一〇〇キロの地点で、**ピャーポン**川西岸にあり、ピャーポンの南東に位置する。（作品に登場する地名は当時すべて実在した。現存することが確認できた地名のみ〈ピャーポン県周辺略図〉に記載した）

4　**ピャーポン**　ラングーンの西南七〇キロに位置し、ピャーポン県庁所在地で、一九五三年の人口は一万九一七四名であった。ピャーポン県はデルタ東南に位置し、ピャーポン郡、チャイラッ郡、**ボウガレー**郡、**デーダイエー**郡を擁し、五六年の人口は四四万九一九六人であった。マルタバン（モッタマ）湾に面し、沖積土のほか、南部海岸地域は砂地からなる。同湾に注ぐピャーポン川とそれに連なる多数の水路の流れの向きは、潮の満ち干に影響を受け、満潮時には川上へ、干潮時には川下へ流勢が増す。県民はビルマ族についでカレン族が多い。当時は米作がもっとも盛んな県のひとつで、ピャーポン市郊外には精米工場が多数あった。このほか、ニッパ椰子、果実の栽培もなされ、海産や淡水産のエビや魚の加工品もラングーンへ送られた。

5 **軍隊シャツ** 彼の衣服は後述の飛行機から投下された連合軍の援助物資と考えられる。

6 **髷《まげ》** 王朝時代男性は長髪を頭の上でまとめ髷に結っていた。植民地時代に入って短髪が増加したが、農村では第二次大戦後も髷姿の男性が見られた。

7 **抗日革命** 一九四二年の日本軍侵入後、本書の著者**テインペー**がインドへ亡命して連合軍と連絡を取り、国内にとどまったタキン・**ソウ**がデルタを中心に抗日オルグをおこなった。四三年十二月、テインペーの使者ティンシュエーがビルマに潜入し、連合軍との連絡が可能となって統一戦線結成の動きが加速した。四四年八月、統一戦線・ファシスト撲滅組織（Anti Fascist Organization AFO／パタパラ）が結成された。四五年三月一日に**ビルマ国民軍**司令官**アウンサン**宅で抗日蜂起が決定され、三月二十三日アウンサンは地下に潜伏し、三月二十七日、ビルマ国民軍が蜂起した。反乱地域は一〇管区に分けられ、デルタ管区（第二第三管区）では、すでに**共産党**により訓練されていた農民ゲリラが国民軍と協力して軍事行動をおこなった。

8 **共産党** **我等ビルマ人協会**内にあった共産主義文献読書会を土台にして一九三九年設立された。書記長は**アウンサン**、大衆担当執行委員はタキン・**ソウ**であった。その後壊滅状態となったが、四二年八月、ソウがデルタを中心に移動しながら秘密講座を開き、組織活動する中で再建した。中部ビルマのタウングーでもタキン・バヘインが四三年九月に党細胞を結成し、農民に抗日教育や軍事訓練を施した。四四年七月に再建党大会を開催した。

9 **人民革命党**　**共産党**設立と相前後して**我等ビルマ人協会**内の左翼サークル、人民反乱結社として結成され、一九四三年頃に人民革命党と改称し、タキン・**ミャ**や**チョーニェイン**によって指導されていた。

10 **ビルマ国民軍**（Burma National Army／BNA）一九四一年十二月に日本軍謀略機関南機関によってタイで結成されたビルマ独立軍（Burma Independence Army／BIA　日本側の資料では「ビルマ独立義勇軍」と称されていることが多い）が日本軍と共にビルマに入り、四二年七月、日本軍によってビルマ防衛軍（Burma Defence Army／BDA）に縮小再編され、四三年八月の「独立」により、九月にビルマ国民軍と改称された。防衛軍と国民軍の司令官は**アウンサン**であった。国民軍内には共産党や人民革命党の学習会も存在した。蜂起直後の四五年四月、国民軍は名称を愛国ビルマ軍（Patriotic Burma Force／PBF）と改称した。

11 **パサパラ**（反ファシスト人民自由連盟 Anti Fascist People's Freedom League／AFPFL）前身は一九四四年八月に結成されたパタパラ（ファシスト撲滅組織 AFO）で、議長がタキン・**ソウ**、書記長がタキン・**タントゥン**、書記次長がタキン・バヘイン、軍事責任者が**アウンサン**であった。四三年八月の「独立」による日本軍傀儡政権下で、タントゥンは農林大臣、アウンサンは国防大臣となっていた。パサパラ構成団体は、**共産党**、**人民革命党**、愛国党、**マハーバマー党**、フェビアン党などの政治団体、**ビルマ国民軍**、作家協会、**東亜青年連盟**、僧侶連盟などの非政治団体、アラカン国民会議、カレン中央機構、シャン連合などの民族団体であったとされる。四五年半ばよりパサパラという名称が用いられてアウンサンがイギリス側との交渉の前面に立ち、四五年九月の**カンディー条約**締結時にアウンサンは軍籍を離れてパサパラ総裁として政治活動に専念した。

12 **アラカン州ではウー・ピンニャーティーハやウー・セインダーが、ザガインやマンダレーではボウ・テインウーやボウ・バトゥーが……先制個別蜂起**　一九四四年八月以降、現バングラデシュに隣接するビルマ西部の**アラカン**（ラカイン）州経由で、順次四〇名の青年がインドに脱出し、イギリスの戦時内閣に直結する特殊作戦局（SOE）の下に設置された一三六部隊で反日宣伝に従事する**テインペー**のもとで抗日訓練を受けた。またアラカンにはすでに四二年からウー・ピンニャーティーハやウー・セインダーらによる抗日組織活動があった。四四年十二月に一三六部隊と共に、インドで訓練を受けたアラカンの青年がアラカンに帰着し、四五年一月一日に抗日蜂起を開始した。一月三日、第二五インド師団がアラカンのアキャブに到着し、二月にアラカンの抗日部隊は連合軍に武装解除された。その後も三月にかけて、一三六部隊とビルマ人チームはパラシュートでタウングー、ターヤーワディー、ペグー、ピューなどに降下して活動した。四五年三月五日にビルマ国民軍西北軍管区司令官バトゥー少佐指揮下の部隊が、抗日のためマンダレーの持ち場を離れ、八日にシャン州で日本軍への攻撃を開始した。また、バトゥー少佐の命を受け、ザガイン砲兵大隊のテインウー中隊長と共産党員が抗日蜂起を開始した。なおバトゥー少佐は六月三日にシャン州でマラリアのため死亡した。

13 **ファシスト日本の駆逐**　一九四五年四月二十三日から二十六日にかけ、日本軍傀儡政権閣僚、日本軍ビルマ方面司令部などがラングーンを撤退し、五月三日に、連合軍がラングーンを完全制圧した。これによってイギリス第一四軍による暫定的な軍政が開始した。なお十六日、**アウ**

ンサンはメイティラで第一四軍スリム将軍と会見し、総督の直接統治を拒否し、暫定政府の樹立を要求する**パサパラ**の要求書をスリムに手交した。

14 **飛行機が落としてくれた**　デルタ管区では一九四五年三月末から数回にわたり、一三六部隊のビルマ人やイギリス人の降下と、武器の投下がなされた。この際、生活物資なども投下されたことが、ここでは語られる。

15 **テインペー同志から送られてきたもの**　**テインペー**はインドから抗日ゲリラ戦用のテキストや、蜂起直前には連合軍東南アジア軍司令部からの手紙をパサパラに送った。一九四四年九月にインド共産党書記長ジョシーの示唆を受けて作成した論文「イギリスとビルマ人民のよりよき相互理解と更なる協力に向けて」は平和革命路線を強調するもので、ビルマ**共産党**は四五年五月二十九日、この論文の影響の濃い平和的発展路線をタキン・**タントゥン**の提議で採択した。七月七日、同党は合法政党を名乗ってラングーンで第二回党大会を開催し、平和革命路線を打ち出し、タキン・タントゥンを議長に、インドのテインペーを書記長に任命した。またテインペーが四五年二月に執筆した「ファシズムから自由へ」は、蜂起後イギリス復帰と同時に大衆組織を結成して大衆運動を展開することによって、平和的に独立を要求することを指示したもので、ビルマ語訳は三月の蜂起後、共産党が無批判で各地へ配布した。作中の文書はこれをさす可能性が高い。

16 **『進歩僧』**　**テインペー**は一九三三年に作家デビュー以来、さまざまなペンネームを使用したが、三七年に仏教界を批判する長編小説『進歩僧《テッポンヂー》』が大ヒットして以来、テッポンヂー・テインペーと呼ばれた。四〇年に死亡した母ドー・ミンを偲んで、四九年八月からテインペー・ミンを名乗った。

17 **タキン・ラペー**（一九一一－七八）一九三六年にラングーン大学学生ストライキの指導者の一人となり、カルカッタ留学時に**テインペー**と共にインド共産党との接触を試みた。帰国後、**我等ビルマ人協会**中央執行委員を務め、四一年に「三〇人の同志」として国外に脱出し、ビルマ独立軍ボウ・レッヤーを名乗って四二年に帰国した。四八年に実業家に転身し、ビルマ社会主義政権下の六三年から六八年に投獄された。六九年にバンコクに亡命し、**ウー・ヌ**の反政府活動に合流して、愛国自由軍を率いるが、カレン軍との戦闘で死亡した。

18 **社会主義**　ビルマへ社会主義の概念が入ったのは一九二〇年代だったが、三〇年代には**我等ビルマ人協会**メンバーがそれぞれ個人的に受容し、**ナガーニー図書クラブ**の結成によってさらに普及した。ビルマ語では「共同社会思想」と訳される。

19 **GCBAやウンターヌ運動**　GCBAは青年仏教徒連盟（Young Men's Buddhist Association／YMBA）が一九二〇年に発展的に解消して結成された民族主義的組織のビルマ人団体総評議会（General Council of Burmese Association）であり、ウンターヌはパーリ語で民族擁護を意味する。ウンターヌ結社はGCBA結成以前より、民族・言語・宗教をスローガンに、国産品愛用、外国製品ボイコット運動を展開した。両者が連携した二〇年代初頭がその最盛期だった。

20 **沙弥僧**　得度して十戒を受け、比丘になる前の見習い僧。

21 **オッタマ僧正**（一八七九－一九三九）**アラカン**州アキャブ生まれで、十五歳で沙弥僧となり、カルカッタで高校を卒業後、ビルマに戻り具足戒を受け、再度渡印して民族大学に学び、国民会議に加入した。英、米、中、ベトナム、日本を歴訪し、一九一八年にビルマに戻って、**GC**

BA、**ウンターヌ**の運動の支援活動で三度逮捕された。二一年に最初の逮捕令状が**ピャーポン**県知事により発令された。

22 **チェティヤ**　南インドのマドラス出身の世襲高利貸しで、デルタに移住した**上ビルマ**の貧農にも土地を担保に融資をおこなった。農民は法外な債務に耐えかね、小作農や農業労働者に没落した。チェッティとも呼ばれ、大商人を意味するサンスクリット語シュレーシュティンの転訛である。

23 **サヤー・サン率いるターヤーワディー農民反乱**　サヤー・サン（一八六七―一九三一）は**GCBA**の活動中農民の惨状にふれ、同会を脱退し、ガロン党を結成して納税拒否運動を経て、一九三〇年十二月にラングーンから一〇〇キロ北北東の**ターヤーワディー**地方で反英農民反乱に決起した。反乱は**イラワジ・デルタ**や中部ビルマへも波及し、終息には二年近くを要した。

24 **我等ビルマ人協会**　一九三〇年にラングーン大学助手のタキン・バタウンらが創設した。ビルマの主人は我等なりとの主張から、メンバーは名前の前に冠称としてタキン（主人）を用いたためタキン党とも呼ばれた。三〇年代後半より独立運動の主力となった。

25 **日本軍とビルマ独立軍が協力して**　日本軍の特務機関である南機関が**アウンサン**はじめ三〇人の青年をビルマから脱出させ、海南島で軍事訓練を施し、一九四一年十二月にタイで独立軍を結成させた。アウンサンはビルマ側の指導者として少将となったが、独立軍司令官は鈴木機関長が務めた。独立軍は日本軍と共にビルマに入り、行く先々で行政組織を作って歓迎を受けた。鈴木は、モールメン（モーラミャイン）に入れば独立を宣言させると約束したが、日本軍側にその意図はなく、軋轢が生じた。

26 **ひもじくなり**　十戒の一つ「非時食の戒」により、正午を過ぎると水分以外とってはならない。

27 **生姜和え**《ジンドウ》　塩もみした生姜の細切り、タマネギ、豆の粉、揚げニンニク、油、魚醤油などを手でこねまぜたもので、正式に具足戒を受けた比丘には許されないが、子供の**沙弥僧**が食べることは大目に見られる。

28 **官庁通り**　**ピャーポン**市街地では、ピャーポン川西岸から西に向かって一番通りから十二番通りまでが南北に走る。官庁通りは東西に走る通りの一つである。

29 **ドーソン銀行**　一九一四年に設立された農村金融を専門とする唯一の私立銀行で、イラワジ川下流域を管轄した。

30 **ビルマ独立軍が統治した時**　一九四二年五月には各地にビルマ独立軍と**我等ビルマ人協会**員による行政組織ができていた。五月にビルマ全土を占領した日本軍は、六月に軍政を布告し、行政組織は解体され、バモーを長とする中央行政機関設立準備委員会が発足した。

31 **アヘン取り扱い許可証**　中国人の雑貨店は植民地ビルマのいずれの町にも見出され、デルタを中心とする下ビルマの町では、中国人が地酒・アヘン販売の許可を一手に収めており、河川の漁業権や渡船営業権も彼らの手中に落ちている場合が多かった。

32 **チャット**　ビルマの通貨。英領期は六四ピャーが一チャットで、独立後一〇〇ピャーが一チャットとなった。インフレ進行にともない、現在ピャーはほぼ使用されなくなった。

33 **日本軍票**　日本軍票は日本占領期ビルマ全土に流通したが、イギリスの復帰後一切無効化され、民衆生活に大きな打撃を与えた。

34 **クエッティッ地区**　ピャーポン川沿いにあったターズィー地区の人口増加に伴い、五番通りの西に新開地として造成され、住民を移住させた。

35 **きつい葉巻《セービンレイ》** 香料植物が配合されず、煙草の葉だけで作った葉巻。

36 **東亜青年連盟** 一九四二年六月、日本軍が青少年の組織化のために設立した。ビルマ側ではアジア青年（アーシャ・ルーゲエ）連盟と呼ばれた。四三年には二一〇支部、会員二万に拡大し、抗日オルグや共産党オルグの隠れ蓑となった。知育部と体育部があり、体育部では女性の護身用にビルマ武術が教えられた。

37 **独立宣言文書Ⅰ** 一九四二年十一月に抗日地下活動中のタキン・**ソウ**が執筆して、**共産党**細胞で複写され学習された。すでに四一年に彼が出していたインセイン文書やミンジャン文書を基に、その後の情勢を加筆したもので、イギリスとの連携による反ファシスト闘争を強調した。発行元を「ビルマ共産党　在インド」と記して日本軍の目をあざむいた。

38 **武器を返還する** 蜂起後一ヵ月で、連合軍は**パサパラ**の各反乱管区に進出してきたが、パサパラ側が**共産党**の意を受けて、連合軍の意向に沿って武器を返還したため、連合軍との衝突は生じなかった。

39 **農民同盟** 一九四五年七月二十八日、ビルマ**共産党**の指導下に結成された。議長はタキン・**タントゥン**、副議長はタキン・バ、書記長はタキン・タンペーであった。

40 **全ビルマ労働者同盟** 一九四五年七月に**共産党**の指導下で結成され、議長はタキン・バヘイン、副議長はコウ・アウンテイン（作家のミャダウンニョウ）、書記長はタキン・バティンであった。

41 **カンディー条約** 一九四五年九月七日、東南アジア軍司令部と植民地ビルマ正規軍代表団が愛国ビルマ軍の処理に関する協議をおこない、八二〇〇人中四七〇〇人を正規軍に再編することが決定された。

42 **上ビルマ**　ビルマ中部のアウンラン（ミェーデー）を境界として、マンダレーを中心とする中央平原地帯を上ビルマ、ラングーンやイラワジ・デルタを下ビルマと呼ぶ。

43 **イラワジ航運会社**　一八六八年に創設され、汽船、貨物船、漁船、クリーク船、曳き船まで、六〇〇〇艘を就航させていた。

44 **節をつけて歌える**　ビルマ語は声調言語であり、楽譜がなくても詩を見るだけで節をつけることができる。

45 **共産党と社会党が統合しなかった**　一九四四年十月、**共産党**と**人民革命党**統合のための秘密協議が**デーダイエー**のタキン・**ソウ**の元で開始された。いったん「人民結社」を名乗って宣言を出したが、二ヵ月後に崩壊した。一九四五年五月、共産党は公然化した。

46 **社会党が創設される**　人民革命党は共産党との統合協議が挫折後も統合の方向を模索したが、一九四五年九月一日に社会党と改称した。議長はタキン・**ミヤ**、書記長はコウ・**バスエー**で、執行部には**チョーニエイン**や、**アウンサン**の兄であるアウンタンも入った。

47 **ケメンダインの中華学校通り**　ラングーンの市街地北西の環状線ケメンダイン（チミンダイン）駅の東側を東西に走る通りの一つ。

48 **我等ビルマ人協会タキン・バセイン派**　**我等ビルマ人協会**創設者の一人タキン・バセイン（一九一〇－六四）が一九三八年三月に袂を分かち、反主流派を結成した。バセインは労働者と農民の組織化や、社会主義や共産主義に好意的ではないとして、学生活動家の多くが主流派のタキン・テインマウン派を支持した。

49 **タキン・ヌ……マンダレー刑務所を脱走**　タキン・ヌ（ウー）（一九〇七―九五）は学生自治会議長として一九三六年にラングーン大学学生ストライキを指導し、四三年に日本軍傀儡政権外務大臣、**アウンサン**亡き後**行政参事会**首相、**パサパラ**議長を務め、四八年一月の独立でビルマ首相となった。六二―六六年拘禁された後、六九年出国し、反政府運動をおこない、八〇年帰国した。四〇年六月に反英独立運動家三〇〇余名が逮捕され、逮捕を逃れた**アウンサン**は国外へ脱出したが、**ヌ**はマンダレー刑務所に拘禁され、日本軍がマンダレーを空爆した四二年四月、ほかの**我等ビルマ人協会**員とともにマンダレー刑務所を脱出した。

50 **マハーバマー党**　日本軍占領下の一九四二年八月、**我等ビルマ人協会**と貧民党が合併して我等ビルマ貧民党を結成し、四四年八月にそれを発展的に解消してマハーバマー（大ビルマ）党を結成した。党首は傀儡政権首相のバモーであった。

51 **緬方薬**　インドのアーユルベーダの影響を受けたビルマ伝統医学（緬方医学）に基づいて調合される生薬。

52 **ナガーニー図書クラブ**　イギリスの左翼図書クラブを模倣して、一九三七年十月、タキン・**ヌ**やタキン・**タントゥン**らが設立した。反植民地闘争の武器となる思想の学習や青年の啓蒙を目的とした内外の書物を翻訳出版し、ジャーナルや新聞も発行した。

53 **タキン・ソウの重婚**　タキン・ソウが一夫一婦制はプロレタリア的自由恋愛に見合わないと主張して三人目の妻を持とうとしたことを理由に、一九四五年七月の**共産党**第二回大会で書記長を解任され、在インドの**テインペー**が書記長に任命された。なお、ビルマ仏教徒慣習法では、財産分与の条項に、男性が複数の妻を持つことを容認する記述がある。

54 **コール、ラスキー**　ジョージ・コール（一八八九―一九五九）はギルド社会主義理論を主唱したイギリスの政治学者で、一九〇八年にイギリス労働党とフェビアン協会に加入した。スペイン内戦で人民戦線政府を支持し、労働党を除名された。ジョゼフ・ラスキー（一八九三―一九五〇）はイギリスの政治学者で、イギリス労働党の理論的指導者であり、三〇年代のイギリスにおける危機の解明にマルクス主義理論を適用した。

55 **ボウ・テーザ、ボウ・ヤンナイン、ボウ・タウテイン**　**ビルマ独立軍**の中核となった三〇人の青年たちは、日本名のほかにボウを冠した名を持った。**アウンサン**はボウ・テーザ、タキン・トゥンシェイン（一九一八―八九）はボウ・ヤンナイン、タキン・サンミャ（?―一九九六）はボウ・タウテインと名乗った。ヤンナインは戦後実業家となるが、一九六五年にバンコクに亡命して反政府軍を組織し、八〇年恩赦で帰国した。

56 **The Socialist Sixth of the World**　一九三一年にカンタベリー司教に就任したヒューレット・ジョンソン（一八七四―一九六六）の著作『世界第六社会主義者』であり、スターリン支配下のソビエトを理想郷と位置づけた。四〇年に、ニューヨーク International Publishers から三五二ページで発行された。後年、同書の大部分がソビエトで発行された親ソビエトプロパガンダ書籍の引用であることが判明した。

57 **パサパラがシュエーダゴン・パゴダ中央塔壇で集会**　一九四五年十一月十八日、同パゴダでパサパラ主催の全ラングーン人民集会が開催されたことをさすと考えられる。

58 **キンキンヂー**（ドー）　ラングーンの裕福な家庭に育ち、長じて高等学校の設立、工場経営、車両の輸入など手広く事業を展開した。政治活動には参加しなかったが、**我等ビルマ人協会**若手と親しい位置にあり、日本占領期にはタキン・**タントゥン**の抗日活動を支援した。

59 **全ビルマ女性独立連盟**　一九四五年九月三日設立の戦後初の女性組織で、議長はドー・**キンキンジー**、副議長は**アウンサン**の妻ドー・キンチーとその姉でタキン・**タントゥン**の妻のドー・キンジー、書記長は四六年十一月に**テインペー**の妻となるドー・キンチーチーであった。アウンサンがドー・キンキンジー宅に女性たちを招集して設立した。

60 **独立女性協会**　ピャーポンではこの時期に結成したとされるが、中央で**社会党**傘下にビルマ国独立女性協会が結成されたのは、一九四七年一月。すでに四六年七月に、**全ビルマ女性独立連盟**から共産党系が脱退して**女性コングレス**を結成しており、同連盟の残留部分を吸収して、パサパラの男性指導者のタキン・**ヌ**やウィドゥラ・タキン・チッマウンらの肝入りで結成された。

第 2 部

1

こうして革命家たちは互いに分裂し、張り合い、虎視眈々と相手の隙をうかがい、左翼勢力がそれぞれの道を別々にたどりゆく折しも、植民地主義者はビルマ白書[1]に従い、その統治形態を軍政から一九三五年ビルマ統治法[2]第一三九条に基づく総督による絶対権力支配へと移行させた。サー・ポートゥン[3]の植民地主義者追随内閣が任命された。総督の諮問機関たる行政参事会[4]が結成されたのである。

連合軍から平和的に手渡されるはずの独立はいずこへ……。人民権力はいずこへ……。民主主義はいずこへ……。愛国的人民のすべてがそのように考え、問いかけ、語り合った。

もっとも、統治計画や、法律や、それにかかわる諸々は、表層的な上部構造にすぎず、その下に下部構造としての経済体制が潜んでいた。モーレミント改革[5]へ、両頭制[6]へ、一九三五年ビルマ統治法へ、植民地主義者が統治形態をいかに衣替えしようと、帝国主義的独占経済体制の構造に変化はない。帝国主義がビルマ経済を独占する実態は、依然として変わらなかった。

戦争によって揺らぎ、崩れ落ちた彼らの独占的経済活動は、数多くのプロジェクト・ボード[7]を立ち上げて息を吹き返した。

彼ら植民地主義者は望む価格でチークを手に入れた。米を手に入れた。早晩、石油をも手に入れるはずであった。

戦時中売ることを我慢した分まで取り戻そうと、彼らが売りたい車や、自転車や、布地や、酒や、シガレットや、缶入りの菓子を、望む価格で存分に売りつけた。

彼らは自分たちの手に入れたいものを楽々と入手し、売りたいものを楽々と売り、国内を移動して商売したいビルマ人商人からも利ざやを稼ごうと、船舶や汽車やＲＴＢ自動車会社[8]が再建された。

ビルマ経済を操るために、イギリスの大銀行も再開した。

農民たちは植民地経済体制による復興に最も打撃を受けた。土地は奪われたまま、借金づけの奴隷の身から解放されなかった。土地は持てず、元手は補填できず、農作物が値上がりして実入りが増えたかに思えたが、収入が支出に見合わない。いたるところで物価が上がっていた。

ターガウンたちは、連合軍の復帰以来糯飯《もちめし》も腹いっぱい食えなくなった。カラーなどは、今年籾米が穫れたら妹のピューに少なくとも着るものを上下一揃いは誂えてやろうと意気込んでいたが、何ひとつ買えなかった。治安が悪化するとダコイト[9]の類が増加するのが世の習いである。ダコイトは、食料、鍋釜、家畜までも奪う。田舎の住民はおちおち眠ることもできない。真贋《しんがん》いずれにかかわらず、彼らは鉄砲に怯えた。癇癪玉の破裂する音にまで怯えた。彼らの暮らしは、日々悪化の一途をたどった。

工場や官公庁の事務員から警官まで、あらゆる給与生活者も収入が支出に見合わなかった。生活水準はじりじり低下していった。

紅茶淹れの名人バラは、砂糖も値上がり、練乳も値上がり、一切合財が値上がりするので、紅茶の値も上げたかった。しかし、紅茶の値を上げずとも、上級事務官たちさえ紅茶代を倹約するようになっていた。岸辺で働く人夫《クーリー》たちも、初めの頃は彼の店にしょっちゅうたむろしていた。いまや、市場の中の人夫専用の安い紅茶屋に腰を落ち着けるようになっている。

すでにイラワジ船舶会社が船を走らせていたので、「人民慈愛号」所有者ラマウンの、小型汽船をもう一艘買うという意気込みも頓挫してしまった。

学校も一部は再開したが、再開した学校の多くが、五学年に教師が一人の割合という有様である。ターメーなどは、いまに至るもまだ月給が出ない。彼女の学校の再開を認識させようと、視学官がお上に報告した。お上からはいまだ何のお達しもない。

誰もが不満だった。あらゆる階級が不満だった。地主のミンでさえ不満だった。彼は米プロジェクトの中に代理人を探していたが、不首尾に終わった。上ビルマのアンヂー・ブラザー社がビルマ人の中で突出して権益を獲得した。もはやミンの出る幕はなくなった。もっとも、ミンの収入はさほど減ってはいない。たとえば、彼はカニ村のチュエーのような長者や村長を介して、青田買いをしていた。ワーガウン月（太陽暦の七月から八月）に一袋一二五チャットで買い付け、ピヤードウ月からダボドゥエー月（太陽暦一月から三月）には二五〇チャットに値上がりした籾米が一〇〇袋入るはずであった。ゆえにミンは不満だといっても、穏健な不満であった。

農民や、労働者や、物売りや、プチブルジョアジーや、給与生活者や、公務員の不満は深刻であった。植民地経済体制は、火で炙《あぶ》ったかのように彼らの怒りを燃え上がらせた。

騒動や暴動が発生した。農民同盟の小作料不払いが気に入る者もあれば、農民協会の小作料半減要求が気に入る者もいた。同盟と協会が揃って、「政府は即刻農業融資を実施せよ！」と要求すると、誰からも支持された。農民の大会や示威行動が発生した。

労働者たちも、政府が提示した賃金体系に闘いを挑んだ。物売りたちも権利を要求した。バス所有者や水上交通機関所有者も権利を要求した。役所の事務員も、警官も、組織を作って勢力を結集し、権利を要求する態勢に入った。

「ファッショ的総督はイギリスに帰れ！　帰れ！」「プロジェクト粉砕！　粉砕！」「ポートゥン政府は退陣せよ！」「民族政府を樹立しよう！」「制憲議会を即時召集せよ！」などのスローガンが全国にこだました。

誰か一人が、どこかの片隅で、ある時間に「独立！」と音頭をとれば、「即時与えよ！」と国中から反応があった。

胸が突き出て腰が曲がり、読み書きもできない哀れなカラーさえも、例外ではなかった。

各階層の盛り上がりは、パサパラ（反ファシスト人民自由連盟）という大河の本流へと合流していった。パサパラとは、あらゆる団体やあらゆる政党やあらゆる個人の団結の要だと、人々は理解するようになった。政治団体だけでなく、読書クラブや、保健団体や、消防隊も、パサパラの旗のもとに結集した。

民衆の頂点にパサパラ、パサパラの頂点に総裁であるアウンサン将軍。アウンサン将軍の存在は、いわば全民衆の団結の要であり、独立の意志の尺度であり、希望の象徴となっていた。

かくて一九四六年一月となった。

シュエーダゴン・パゴダ境内でパサパラ全国大会[11]が開催された。北はバモーやミッチーナーから南はイエーやメルギー（ベイ）やタボイ（ダウェー）まで、西はアキャブから東はケントゥン（チャイントン）まで、全国津々浦々から選出された一三〇〇名余の代議員が出席した。傍聴者として一〇万余の一般大衆が参加した。五〇万のカンパを募れば、瞬時に目標額を超過した。下チンドゥイン郡サーリンヂーの西パドゥー村落区から来た農業労働者たちは、南京豆をかたに借金してカンパに応じた。フォーカー木材会社[12]の労働者グループは、三日分の賃金をカンパした。春雨スープ屋が二〇〇チャットをカンパした。学生の中には、小遣い銭をすべてカンパする者もいた。

人々は熱狂していた。国を挙げて熱狂のるつぼであった。

大会でアウンサン将軍がカンパを募ると、立ち上がって、身につけた首飾りや腕輪を差し出す女たちがあらわれた。ピャーポン県代表団に加わってやってきたタンタンミンも、ダイヤの腕輪を片手からはずし、演壇に歩いていった。そのとき、ピャーポン県代表団が拍手した。付近の人々もそれにならって拍手した。タンタンミンは心地よかった。観衆の真ん中でも気後れしなかった。観衆が彼女の動きを眼で追っている。衆人環視の中でタンタンミンの姿は実に堂々としていた。実に麗しかった。その胸には、黒ビロード地に銀糸で刺繍されたビルマ地図が飾られてあった。

タンタンミンからのダイヤの腕輪のカンパがアナウンスされると、歓声が高まっていく。タンタンミンは演壇近くに長くとどまらず、腕輪を渡すや、その場をあとにした。その顔は赤く上気して、満面に笑みをたたえながら座席に戻るその姿は、彼女が立ち上がって演壇に歩んでいったときにも増して、観衆の注目を浴びた。美しく清澄な顔と、秀麗でたくましく引き締まった体躯は、ことさら人目を引いた。

拍手した者たちの中にターメーもいた。ターメーにとってタンタンミンは、あまり虫が好かない相手であった。タンタンミンはコンベント・スクール出身。彼女はビルマ語学校[13]教師。タンタンミンは裕福な地主の娘。彼女は農民の娘。タンタンミンは独立女性協会員。彼女は女性独立連盟員。タンタンミンは社会党員。彼女は共産党員。そのうえタンタンミンは、ティンウーにぴったり寄りそって行動を共にしていた。サン・カフェー[14]へ食事に行くのも一緒、宿舎の警察寄進宿坊[15]へ戻るのも一緒である。ターメーはティンウーと行動を共にできず、身を慎まねばならない。社会党員と共産党員が恋人同士だという噂が大会で広まったら……、そう思うと、身を慎まざるを得なかった。

そのようなわけで、タンタンミンは虫の好かない相手であった。しかしタンタンミンがダイヤの腕輪をカンパしたことは、賞賛せずにいられなかった。それにカンパを終えて戻ってくるタンタンミンの表情を、ターメーは愛さずにいられなかった。虚栄心からカンパしたのではない。他人の行動に付和雷同したのではない。彼女の顔には、純粋で素直な誠意がありありと浮かんでいた。

大会では、社会党と共産党の張り合いがかなり激烈であった。代表選出問題で社会党と共産党が口論した。議案採択委員会と議長団の選出で社会党と共産党が対立した。政党は厄介だ、イデオロギーを優先しすぎると、「中立」派を自称する者たちは言った。組織や政党の連合体であるパサパラから、組織や政党をすべて解体して一本の組織に再編すべきだと言う者が出る始末である。チョーニェイン率いる社会党代表団とテインペー率いる共産党代表団が共同戦線を張って、その主張を論破した。パサパラはあらゆる組織の連合体で、統一戦線であってしかるべきだという原則が勝利した。ウー・バペー[16]やウー・バチョウのような長老政治家の一部は、ビルマのイギリス自治領化反対を明確に決議することに二の足を踏み、この部分を決議事項から除くよう要求した。タキン・ミャ率いる社会党とテインペーやタントゥンやソウ率いる共産党が、ウー・バペーの主張を論破した。完全独立を即時与えよという主張が勝利した。

テインペーが議案採択委員会に提出したパサパラ団結提案を、アウンサン自ら提議した結果、提案は採択された。

かくして、社会党と共産党間に論争や競合はあったが、自治領派との闘争においても、反政党的な発言で統一戦線解体を目論む分裂主義者との闘争においても、実践的に団結を示すことはできた。両党は、愛国的大衆を革命勢力から分断させることなく、パサパラの旗のもとに固く結集させた。

大会で実践的に示された団結は、どの政党にも所属せず、しかし社会党や共産党にも敵意のない無党派の愛国者をも大いに力づけた。それは、彼らを左翼勢力の同盟者とならしめた。このことは、社共両党の党員の意気をことのほか高めた。

ティンウーとターメーは同じ宿舎に泊まっていたが、あたかも普通の代表同士や旧知の間柄のように振る舞っていなければならなかった。一度も二人きりで会えない。一度も恋人らしい語らいが持てない。ピャーポン県代表団が集まって議論する際には、ターメーは共産党の見解を述べ、ティンウーは社会党の見解を披瀝《ひれき》した。座る場所も別々である。ティンウーの傍らにはタンタンミンが寄りそっている。

恋人たちは、行動を慎むことを余儀なくされた。特別な間柄ではないかのように、素知らぬ振りを装わねばならなかった。そこでじわじわと気が滅入るような、どんよりとした飢餓感が生じるような気分にかられた。そのような感覚に悩まされながら、恋慕の想いに悶々としていると、ジャスミンの花に接吻したかのように、愛の香りが濃厚にたち込めた。時々隙を縫って十代の少年少女のように、二人はつい互いを盗み見た。

その日は大会最終日であった。閉会の辞で、アウンサン将軍自ら締めくくりとしてパサパラの団結を提案した日でもあった。将軍は団結を説く長い演説をおこない、ティンウーとターメーは演説を一言も聞き漏らすまいと集中して耳を傾けた。彼らは将軍の話の中で、この最後の演説が最も気に入った。団結は、善意があるだけでは、口先で説くだけでは、獲得できないものであり、共通の活動方針と断固たる組織原則に基づき、闘争しながら築き上げてこそ獲得できる。この点をアウンサン将軍は、さまざまな角度から力説した。それは、客観的に物事を見る習慣を身につけるよう諭す演説でもあった。

社会党と共産党の分裂を望まず、農民組合に対抗して農民協会が創設されたことにも納得できなかったターメーとティンウーのような両党の党員は、アウンサン将軍の演説に左翼勢力の単一政党化や大衆組織一本化の道への手がかりを見出した。

彼らは、社会党と共産党と同盟と協会とが、同じ鎚《つち》と鎌の描かれた旗を掲げて行進している姿まで瞼に浮かべた。

ティンウーやターメーの場合のように、国政レベルでの統一と団結の問題が、個人レベルでの恋愛や結婚の問題と重なって発生するのは、この社会では稀有な事例であった。社会党と共産党と同盟と協会がみんなで同じ鎚と鎌の旗をはためかすことは、恋人たちの結婚への祝福でもあった。

ティンウーとターメーは、スィンオウダン通り[17]にあるチンワーの家で落ち合った。チンワーは中国人とのハーフで、ターメーとはノーマン・スクール[18]時代の同級生である。チンワーは教師にならず、両親の小さな印刷所を取り仕切っていた。ターメーは、チンワーさんの家に遊びに行きます、映画もチンワーさんと見てきますと、同志たちにことわってきた。ティンウーは、本を買いに行くと言って出てきた。チンワーの家で落ち合ったのには、いま一つわけがあった。ティンウーとターメーは、中華街で料理を調達して味わいたかったのである。

豚の皮の油焼きや、焼きアヒルや、豚の腸詰や、一二種野菜の炒めものに舌鼓を打ちながら、ティンウーとターメーとチンワーはパサパラ大会のこと、アウンサン将軍のこと、タキン・タントゥンのこと、タキン・ソウのこと、シュエーダゴン・パゴダのこと、宿坊のことなどを話した。ウー・バチョウのビルマ帽[19]の先にひらめく端布に対する見解を述べ立てた。チョーニェインの狼《ろう》狽《ばい》振りや、その頭を横に振る仕草を反芻《すう》した。立錐の余地もない会場で、一羽の鶏が足の踏み場を求めて聴衆の上を飛び交っている有様を語り合った。

客間で二人だけにされると、ティンウーとターメーは互いに見つめ合って微笑んだ。「二人きりだ」という意識が、そのまなざしを常ならぬものとさせ、その微笑に戸惑いをもたらした。しばらくぎこちない雰囲気が続いてから、ティンウーが沈黙を破った。彼は何ごとか話す決意をしていて、機会をずっとうかがっていたようである。

「ねえ、ター。ラングーンから帰ったらすぐに結婚しようじゃないか。万が一ということもある。何が起こるかわかったものじゃない。ねえ、そうするほうがいいんじゃないか？　ター」

ターメーは、なかなか答えられなかった。花の蜜を吸っている蝶が羽ばたくように、ティンウーの眼から放たれる愛を吸い込みながら、反った睫《まつげ》をまばたかせて彼を見つめている。ややあって彼女は、愛らしい微笑みをうかべた。

「日本占領期にどんな約束をしたのかしら。まだ覚えてらして？　完全独立を達成するまで待たなきゃならないわ」

ティンウーは少しの間考え込んでいたが、何かに心臓がくすぐられたかのように、くくっと笑った。

ターメーは眉をわずかに吊り上げた。

「何を笑っているの、ティンウーさん」

「その約束だけどね、いわば、利子がついた分だけ払って、そろそろ担保の品を受け出したくなってるってところかな。ハハハ、利子はいくらになるのかい」

「品物は受け出せる時になれば、受け出していただいてもよろしいし、利子も取りませんわよ。だけどね、男なら約束を守らなきゃならないって言うわ」

ティンウーは少し考え込んでいたが、いたずらっぽく微笑んだ。

「ねえ、ター、状況に応じて戦術を変えるべしというのは、マルクス主義の原理原則の一つじゃなかったかな」

「そうだけど、それがどうしたの」

「へへへ……いまや、状況が変化したんだ。日本占領期にした約束は反故《ほご》にしてさ、結婚しようぜ、ター」

二人は共に曖昧な笑い声を発した。それからティンウーが居ずまいを正した。

「まじめな話なんだよ、ター、今結婚するのが無難だろう。さもなきゃ、どんな横槍が入ってくるか、わかったものじゃない」

「まあ、横槍なんて入るはずもないわ。これから先は、順調に事が運ぶだけよ。社共両党にとっても、この先は団結しかないんですもの」

ティンウーは静かに考えている。ターメーも精神統一するかのように、一心に前方を見つめていた。階下の印刷機の音が床越しに伝わってくる。ターメーが落ち着いた威厳と涼やかな声で、歓喜に酔いしれたかのように話し出した。

「ねえ、ティンウーさん、私たちは多くの国民が豊かになることを願って、独立闘争に参加したわ。独立闘争に勝利したら、そのような勝利の褒美として、あたしたちが末永く夫婦になる。そういうことだったわね。そうした感動は、この世で何物にも代えがたいとあたしは思う。あたしはね、ずっとそうした感動を求めてきたの。だからあたしは、そのような感動を味わうチャンスをふいにしたくないの。だからね……約束を守ろうじゃないの」

ティンウーもターメー同様、精神統一するかのようにじっと考え込みながら、前方を見つめていた。

「ティンウーさん」

「うん……、何?」

「そうでしょう?　ねっ」

ターメーが小さく微笑んでいたずらっぽくたずねるが、ティンウーは考え込んでいる。

「ティンウーさん……」

ティンウーは答えず考えている。ターメーは少しばかり泣きそうになってくる。ティンウーは、ターメーの泣きそうにゆがんだ浅黒い顔を苦虫を噛みつぶしたような表情で見つめてから、苦笑した。

「ター、もう俺の呼び方を変えてくれよ」

「おやおや、どのようにお呼びいたしましょうか」

「人前で呼びたくなきゃ、それでいいけれどさ。こんなふうに二人きりで会うときだとか、手紙を書くときだとかに、俺のことを呼ぶのに……」

「どう呼べばいいの。ウーウー（叔父さん）って呼べばいいのかしら。フフフ」

「なんなら、いっそポウポウ（お祖父さん）って呼ぶかい。まさか、冗談じゃないよ。とにかく呼び方を変えてくれよ」

ターメーは、花の蜜を吸っている小さな蝶のように睫をまばたかせながら、しみじみと歓びに浸っていた。ティンウーはターメーをしげしげ見つめながら、彼女の涼やかな呼び声を待ち受けている。

「ティンウーさん」

「おや、またおいでなすった。やめてくれって言ってるのに」

「さてと……それじゃ、ウーウー」

「おい、ターったら。せめてコウ・ティンとか、コウ・ウーとか呼べよ。それとも、コウコウとか」

「はいはい。じゃあ今度あたし、手紙に書くわ。フフフ」

恋人たちの心は舞い上がっていく。二人は何も言えず、見つめ合っていた。花の蜜を吸っている小さな蝶が羽ばたくように、ティンウーの眼から放たれる愛をターメーは丸く澄んだ目で吸い取りながら、反った睫をまばたかせていた。

2

ダボドゥエー月（太陽暦の一月から二月）のある夜のことである。

霧がおぼろに立ち込め、満ち始めた月から放たれる光は、黄金の身体にまとった銀のレース糸さながらであった。

カニ村の寺院境内の池のほとりでは、集会が開かれていた。演壇の前に石油ランプが二つぶら下げられている。寺の煉瓦の階段の上にも、ランプが一つ置いてある。

聴衆は近隣の村からもやってきて、一〇〇〇名ばかりになっていた。少し肌寒いので、毛布を被る者や、身を縮めて手を組んで座る者もいる。

ターガウンが議長を務め、ターメーが演説していた。書記長を務めるオンマウンは、壇上には座席がない。記録する必要もないので、下に座っている。

「そのパサパラ全国大会には、一二〇〇名以上の代表と、一〇万以上もの傍聴の人々が出席しました。そして、アウンサン将軍が議長に選出されました」

聴衆はやんやと拍手し、口笛を吹く者もいる。一人が「アウンサン将軍！」と音頭をとれば、

「健やかに！」とみんなが応じる。それが三回繰り返される。

「我が全ビルマ農民同盟議長のタキン・タントゥンが大会書記長に選出されました」

聴衆は拍手する。

「決まったことを手短かに報告いたしましょう。第一の提案は完全独立の提案であります。自治領ではだめだということがはっきりと決議されました」

聴衆は、「自治領はいらないぞ！」と二回叫ぶ。

「つまりそれは、イギリスがビルマの経済を独占していることや、植民地軍を駐留させてビルマを思いのままに支配していることから、完全に独立するという決定なのです」

「独立をすぐに与えろ！」というシュプレヒコールで、会場は沸いていく。

「米や籾を独占しているスティール・ブラザー社やＡＢＣ社、石油を独占しているＢＯＣ社、イラワジ船舶社、ナマトゥー銀鉱山[21]、そうしたイギリスが所有するすべての資本を、全ビルマ国民の所有にするべきだということの決定もなされました」

聴衆は耳も割れんばかりに拍手した。口笛を吹く者もあらわれる。

「農民たちが豊かになる、農民たちが豊かになって、国中が豊かになる、そのためには、農民が田や畑を所有することが必要であります。農民が借金から解放されることが必要であります。水牛や牛を元手として持っていることが必要であります。ですから、大地主制度を廃止して、土地のない農民に土地を分配し、債務を補償することも提議されました」

聴衆は限りない歓呼の声を上げている。立ち上がって踊り出す者、口笛を吹く者もいる。ターメーは聴衆に身振りで鎮まるよう命じた。鎮まらない。歓呼は続く。さまざまなシュプレヒコールが叫ばれている。ターメーは座った。今度はターメーに向かって歓呼が続いている。ターガウンが立ち上がり、鎮まるよう命じた。鎮まらない。ターガウンは顎を上げ、手で首をさすった。拳を突き出し、しかめ面をして、自分が今から話をすることを身振りで示した。聴衆は静まり返った。ようやく、ターガウンが口を開いた。

「同志の皆さん、まだこのほかに、もう一つ決まったことがあります。今年の小作料は払っちゃいかんそうであります」

聴衆は再び歓呼を上げた。

「ここの社会党は、小作料半減払いの運動をやっております。これは、パサパラの決定に対する裏切りであります。今年はどうしたって払えるわけがありません。戦争で荒らされて、わしらの国は荒れ放題になっておるではないですか。半減払いをやれば、牛が一対いれば一頭分は払うことになりましょう。自家消費米が二緬斗[22]あれば、一緬斗分は払うことになりましょう。唐辛子を潰す臼と杵を、半分ずつに割って渡すことになりましょう。そんなわけで今年は、小作料はびた一文払っちゃなりません」

笑いと歓声で会場は沸き立っていく。

「では、これで集会は終わりです」

ターガウンが、冗談のひとつも言って聴衆に媚びるわけでもなくあっけなく集会を閉じると、聴衆はどっと笑って拍手した。解散した聴衆の中には指笛を吹く者もいれば、スローガンを叫ぶ者もいる。「クンダイン村行きはこっちだぞ！」と呼ぶ者もいれば、「セイン……おーい、セインたら……。あの女ときたら、どこをほっつき歩いてるのかねえ」といった声もする。

ターメーはすでに父母を亡くしていた。独身の伯母二人と一緒に暮らしていた。伯母たちは六〇エーカーの土地とニッパ椰子園をひとつ所有しており、農業労働者を雇って自ら切り盛りしていた。二人はターメーを監督して、大切に育て上げた。自分たちのためにはいくら労力を惜しもうが、ターメーのためなら労をいとわない。ターメーに安心できる連れがいる場合に限り外出させた。そうでない場合は、上の伯母であれ下の伯母であれ、どちらかがいつも彼女に付き添うのである。その夜は下の伯母が留守を守り、上の伯母がターメーの保護と、演説を聴くために来場していた。

帰り道、無言で歩いていると、伯母が口を開いた。

「ねえ、ターメー、あんたらはあたしらの小さな土地まで没収するつもりかえ」

「伯母さま、とんでもない。チェティヤだとか、ミンさんだとかいった人たちしか大地主って呼ばないの。自作農は大地主のうちに入らないわ」

再び無言のうちに歩き続け、家の庭の戸口に来ると、伯母は言った。

「ねえ、ターメー、あんたときたら、演説が相当さまになってるじゃないか。いつの間にあんなことできるようになったのかえ」

「そりゃ、伯母さまの姪っ子ですもの、下手なわけがないわ」

ターメーはそう言って左手で伯母を抱き寄せ、右手で庭の戸を開けた。庭に入ると、家の戸も開けられた。下の伯母が小さなランプを手に出迎えている。時を告げる鶏の声も聞こえた。

3

一九四六年三月二十七日、抗日蜂起一周年記念行動がピャーポンで開催された。社会党と共産党が競い合って動員をかけたので、近隣の村々からも人々が馳せ参じた。

その日、ターメーの心に大きな衝撃を与える出来事が三つ生じた。

カニ村から参加した女たちには、ターメーや、ニュンティンや、ティンチーといった女性農村指導者のほかに、エビの筏で働くカウの妻のニュンインや、カラーの妹のピューのような支持者たちも多数いた。彼らはカニ村からタメイントー村へ、水田の刈り株を越えて歩いてきた。タメイントー村からさらにピャーポンへ彼らは歩いた。ピャーポンに着くと汗だくで、すっかりへとへとであった。しかし、引き続き整列してデモ行進して回らねばならないのである。

ターメーたちは疲労をものともしなかった。整列してデモ行進するので、奮い立っていた。拡声器を持って団体を整理している人物はティンウーである。ティンウーは社会党系の独立女性協会を先に整列させ、その後に共産党系の女性独立連盟を整列させた。独立女性協会は前方を占めただけでなく、独自の旗と大きなプラカードまで掲げ出した。女性独立連盟は後方にやられたうえ、旗はなく、プラカードもきわめて貧相である。支持者の人数は女性独立連盟のほうが多い。
「こんなの不公平だ。あいつらの女たちを前に立ててさ」と女性独立連盟のニュンニュンが言うと、別の女性独立連盟員が、「不公平どころじゃないよ。陰謀だわさ。あいつらは、あんな旗に自分らのどでかいプラカードまでかついで、人数はちょっぴりだ。あたしらの先をあいつらに歩かせて、あたしらまであいつらの仲間だと思わせようって魂胆だ。こりゃ陰謀だわ」と告発する。女性独立連盟の戦列一帯に、その告発の声がこだましていく。一同はざわめき出し、そわそわと落ち着きをなくしていった。

ターメーはすっかり腹に据えかねてしまった。女の意地のなせるわざか。自分の味方がひどい目に遭うことに人一倍耐え難く、痛みを感じやすい性分のせいか。ティンウーが冷酷にも彼女たちの体面をなくそうとしていると思えたためか。それは判然としなかったが、彼女はすぐさま女性独立連盟の隊列を離れ、ターガウンのところから鎚と鎌の大きな農民同盟旗を持ってきてはためかせた。前方ではタンタンミンが独立女性協会の旗を掲げている。

引き締まって美しい肢体にヒールの高いサンダルを履いているせいで、いつにも増して凛々《りり》しく見えるタンタンミンが旗を掲げて歩いている姿は、若い牝鹿のように麗しかった。

デモ行進が終わり、飯包み[23]を開いて食べていると、女性独立連盟の同志の輪から、ターメーにとって心穏やかならぬ話題が聞こえてきた。一人の女がタンタンミンを顎で指して、「彼女よ。社会党議長のティンウーさんとくっついてるのは」と言うと、もう一人が、「ふん、今に始まった話じゃなし」と言う。事の真偽はさておくとしても、ターメーは狼狽《ろうばい》した。

「そんなはずはないわ。女と男が親しくしていると、人は決まってこんなふうにあれこれ取り沙汰したがるのよ」と考えて、自分をなだめる。そのようになだめても、十分気持ちが落ち着かないうちに、「同じ社会党員同士だし、いつも身近で行動していれば、そんな仲にならないとも限らない……」とふと思う。「ティンウーはあたしを絶対裏切らないわ」と、小耳にはさんだ噂話を退けようと努めるが、「男というものはわからないわ」と、再び不安に襲われる。タンタンミンの牝鹿のような洗練された敏捷《しょう》さを見るにつけ、「彼女はあたしより美貌だし、財産もあり、家柄も良い」と、ターメーの心に無力感が忍び寄る。愛を前にしてターメーは、凡庸な一人の娘に過ぎなくなってくる。哀れな彼女は、つい家柄や財産を考慮に入れるのであった。

泣き面に蜂とはこのことであろう。村への帰途、また悪い知らせを耳にした。ティンウーはダコイトとつながっていると、ターガウンが聞いてきた。いまにも沈もうとする大きな太陽が、黄金色を撒《ま》き散らしていた。水田に刈り穂の茎が寝かされているところへ、太陽光線の黄金が注がれていることもあって、黄金が氾濫しているその向こうで、ターメーたちの村は霞《かす》んでいた。汗みずくで歩いてきた彼らをそよ風が優しく撫《な》でる。ターメーはやわらかい日差しにも心楽しめず、そよ風も爽快に感じられない。「ティンウーたら、どうしてダコイトなどとかかわったの」という問いで頭が混乱するうち、足が滑って地割れにつまずき、つんのめりそうになってしまった。

ターメーは家に着くや、誰にも何も言わず、寝床にどっかり倒れ込んだ。寝室は狭いが、思いは広がっていく。

ふいに、上の伯母が部屋に入ってきた。

「おや、ターメー、あんた何が起こったのさ」と心配そうにたずね、額に手を当てた。

「何でもないわ……少しくらくらするの」

「かんかん照りの中を行き来していたんだものねえ」

伯母は出ていった。

ターメーの瞼の裏に、民衆、ティンウー、タンタンミン、ダコイトが入り乱れて浮かんでくる。上の伯母がまたあらわれ、気付け薬をターメーの鼻先に塗ってくれた。前髪を上げて団扇で扇いでくれる。「伯母さま、大丈夫よ」とターメーが言っても、伯母は相変わらず団扇で扇いでいる。

ふいに、下の伯母があらわれた。ターメーの額に手を当てた。

「汗が出てくるように、スープを飲むかえ」

ターメーが何も言わないうちに、下の伯母は階段を駆け下りていった。ターメーは、「あのサトイモの茎のスープだわ、ティンウーがおいしいと言ったのは……」と思い起こす。「ティンウーはまったく堕落したものだ。ダコイトとかかわっているというわ。あたしへの節操も失せているることだろう。タンタンミンはあたしよりきれいだ……」などと、力なく思いを幾重にもめぐらせている。

上の伯母が団扇で扇ぎ続けていると、下の伯母が辛いスープの椀《わん》を運んできた。

ターメーがスープを飲んでいると、上の伯母が言った。

「あんたらの政治活動ときたら、やたらと面倒なんだねえ。ずいぶんと消耗するじゃないか」

下の伯母がターメーの額に手を当てた。

「うん、よくなった。汗が出てきたわ」

「伯母さま、何もたいしたことが起きたわけじゃないわ」

「口を開けば、何も起きてない、何も起きてないって。起きてからじゃ、一大事だろうに」

二人の伯母は、ティンウーとは大違いだ。どれほどあたしを愛してくれていることか。どれほど誠実なことか。どれほど守ってくれることか。この二人と一緒に暮らしていれば、どんなに気が休まることか。もはやターメーは、一生このままの暮らしがしたくなっていた。

下の伯母が階下へ下りていくと、上の伯母が汗を拭いてくれた。ターメーは何を思ったか、幼い頃のように伯母を抱きしめ、接吻し、「あたしね、もう結婚なんかしません」と言ってかすかに微笑んだ。伯母は目を丸くして、しばらく絶句していた。

「そりゃ、あんた、結婚したくないなら、結婚しないでいいよ。あたしらの都合はかまわないけれどね……」

「誰の都合が悪いの、伯母さま」

「そりゃ、ティンウー君が困るだろうよ」

「あら、彼には何の都合もないわ。あたしが結婚しないと言ったら、彼は……ほかの相手を見つけて結婚するだけよ」

ターメーはタオルで汗を拭いている。伯母は微笑んでいる。

「くだらないこと言ってないで、起きなさい。タナッカー[24]を磨《す》りおろして、水をお浴び」

伯母は部屋の戸を開けてまわっている。そよ風がふんわりと入ってくる。ターメーは水浴後に塗るタナッカーを磨りおろしていた。タナッカーを磨りおろすうちに、辺りは次第に暗くなってきた。下の伯母が燭台を持って上がってきた。

一生このまま二人の伯母と一緒に、結婚せず暮らすのがいいわ。ティンウーも晴れてタンタンミンと結婚できるだろう。ターメーはそう考えて、憂さが晴れるような気がした。

4

客間でタンタンミンはただ一人、作業に余念がない様子である。彼女は灰色のサージのパンツをはいていた。ブラウスは赤と緑と白のストライプ柄で、半袖の袖口にタックを取った新しいデザインである。彼女は、アウンサン将軍が馬に乗っている写真をガラスの額からはずし、日本占領期の丸刈り頭の上半身の写真を入れた。そして椅子を壁に寄せ、二つの肘掛によじ登って写真を掛けていた。

タンタンミンがそうしてアウンサン将軍の写真を掛けていると、ミンが入ってきて娘の横に立った。

「お前、何をばたばたしとるんだ」

掛けた写真を満足げに見つめていたタンタンミンは、父を振りかえると、小さな子供に静かにせよというように、唇の前に人差し指を立てた。

それからタンタンミンは、ためつすがめつ写真の状態を眺めていた。ミンは、アウンサン将軍の写真を家に飾りたくないが、娘のやることに強く反対したくないから飾らせている。彼が顔をしかめて部屋を出ていこうとすると、タンタンミンが椅子の肘掛から飛び降りた。そして父親の肩に手を置いた。

「ダディー、どうしたの？」

「パサパラだとか、アウンサン将軍だとかは、わしゃ嫌いだ……」

「どうして《ホワイ》？　ダディー」

ミンは唇を突きだし、顔をしかめて見せた。

「パサパラのせいで、小作料がちゃんと入ってこない。パサパラのせいで、農民どもがつけ上がった態度をわしらに取る。パサパラのせいで、国中で騒動が起こっておる」

「ダディーったら、何でもかでもパサパラを悪者にしてばかりなんだから。小作料がちゃんと入ってこないからって、ダディーにどれだけ響くっていうの？　その前に、うんざりするほど入っているじゃないの、ダディー」

「そうさ。前から入っている分と同じだけ、今入っていてあたりまえなのさ」

タンタンミンは父の肩に置いた手を下ろし、駄々っ子のように足をどんと踏みならした。

「それで十分よ！　ダディー、あたしとダディーは話が通じない」

そう言うと、タンタンミンは再び父親の肩に手を置いた。

「ダディー、あたし一〇〇チャットいるの」

ミンは眼をむいた。

「へえ、一〇〇チャットだと！　一〇〇チャットをどうするつもりだ」

「あたしたち独立女性協会のために寄付金《ファンド》がいるからよ」

「それもパサパラではないのかね」

「イエス」

「わしは金がないぞ」

タンタンミンは足を何度も踏みならしてねだった。

「あるわ、ダディー。お父様はお金を持ってる。ねっ、お父様、ちょうだいな。あたしみんなに約束しちゃった。お父様がくれなかったら、あたしが嘘つきになっちゃう」

ミンは娘を見てにやりと笑った。タンタンミンは父親を見て、唇を尖らせてからすぐさまにっこりした。

「さてと、ダディー！　お父様はお利口さんね」

5

バラは喫茶店を妻のニェインに完全に任せて、人民義勇軍[25]の専従となった。

「あんたがもう自分で紅茶を淹れなくなったら、味が落ちて、客足が遠のかないかと心配よ」とニェインは細い眼をさらに細めて愚痴ったが、「大丈夫だよ、お前。店の若い奴がわかっている。あいつらが働きやすいように、お前のほうが気を利かせてやるんだ。喜捨は成功のもとっていうからな。わかったか」とバラはなだめた。

倹約しなければならない事情が夫にさえも理解してもらえず、ニェインは口惜しそうな顔をして、「あたしが、払うべき人に払うべきものを、一体いつ払わずに済ませました？　でもね、あなた方みたいに無駄遣いはしたくありません。流れる水は堰き止めよっていうわ。夫の稼ぎを貯めるのが、妻の務めですからね」とバラに言い返した。

バラにはイデオロギーへのこだわりはなく、何が何でもアウンサン将軍一辺倒であった。政党嫌いかといえば、そうでもない。社会党も共産党も、我々と同じ革命家だ、ビルマ独立のため、先頭切って闘う者たちだと信じている。社会党と共産党に団結してほしかった。一組織に統合してほしかった。それに、ミャやティンウーと彼とは、抗日に命をかけた同志仲間だったではないか。

バラの統一思想に基づき、ピャーポンの人民義勇軍執行部には、三名の共産党員と、三名の社会党員と、バラのような愛国的中立派が三名入った。

人民義勇軍の出現は、植民地主義者とその追随者たちを震撼させた。制服着用すべからず、軍事行進すべからずなどの命令が出された。

「あの命令に、どう対応しようと思っているんだい?」と、ティンウーがテーブルの向かいに座っているバラにたずねる。

「僕らはあんな命令には従えません。反対闘争をやりたいんです。あなた方の党の意向を教えてもらいたくて……」

「僕らは賛成するよ。でも、C（共産党員）たちはどうなんだ? 何か言われたかい」

「まだ彼らには聞いてないです」

そのとき、タンタンミンが入ってきた。テーブルのそばに立ち、バラの帽子を手に取って眺めた。

「これって何の帽子ですか?」

「人民義勇軍の制帽さ。こちらが人民義勇軍の軍事指導者バラさんだ」

タンタンミンはバラをしばらく見つめていた。

「あの喫茶店の人じゃないですか」

「そうだ。喫茶バラだよ」

タンタンミンは人民義勇軍の制帽を眺めた。

「お兄様、あたしたちの独立女性協会にも制服を作らなきゃならないと思うんです」

バラは立ち上がり、タンタンミンから制帽を受け取った。

「僕はCのところへ行ってきます。彼らがどんな文句をつけるかわかりませんが」

「今じゃ君はもう喫茶店の経営者じゃない。だから、君はもはやプチブルジョアジーではない。だから、彼らもたいして文句はつけないよ。へへへ」

「だけど、女房は商売を続けてますよ……ハハハ」

バラが出ていくと、ティンウーはそばに立っているタンタンミンを見上げた。タンタンミンは真紅の繻子《しゅす》のロンジーをはいていた。真紅の大輪の薔薇《ばら》を一輪髪に挿《さ》している。唇を真っ赤に塗っている。ティンウーがじっと見つめていると、タンタンミンも思わず見つめ返した。タンタンミンは背筋がぞくっとしたような感覚に襲われ、意味もなく髷と薔薇に手をやった。ティンウーは眼をそらせた。

「どうだい、タン君のカンパの集まり具合は」

「一〇四チャット集まりましたわ」

「ほんとうか、すごいね。いったいどこで集めてきたんだい」

「父から一〇〇チャット、伯母から三チャット、友だちのミヤちゃんから一チャットで、合計一〇四チャット」

ティンウーが声を立てて笑ったので、タンタンミンは呆気にとられて彼を見つめていた。

「ハハハ、さては、ちゃっかり身内から巻き上げたってわけか。座りたまえよ。どこか行くところかな」

「カレン・ビルマ友好のお茶会に行くことになっていますわよ。お忘れじゃありません？　あたしの同級生だったカレンの女の子たちにも会わなきゃ。ノー・オンメーたちからも、必ず来てと言われてますわ。カレン青年協会[26]のリーダーのソー・チョーインからも、必ずお兄様に来てもらってくれと言われてますし。……一緒にいらっしゃるでしょう？　お兄様も」

「悪いけど、時間がないんだ。社会党を代表して、君一人で出席してくれよ」

そのとき、カラーが入り口に姿を見せた。タンタンミンは入り口を向いて立っていたので、先に彼の姿が眼に入った。

「お兄様、お客が来てますわ。カニ村のあたしたちの土地の農民よ」

ティンウーはカラーを見ると、すっかりうれしくなった。

「カラーじゃないか。いつ出てきたんだい」

カラーはシャンバッグを肩に掛けている。上着のポケットから手紙を一通取り出し、ティンウーに渡しながら答えた。

「いましがた着いたばかりです、先生」

それから、彼はタンタンミンのほうに向き直った。

「嬢様のお宅にも、これからうかがうつもりで……」

カラーはタンタンミンに身振りで示して、彼女を部屋の片隅へ連れていった。シャンバッグから巻貝や平貝の殻を取り出して見せると、タンタンミンはおもちゃを見た子供のように飛びはねてはしゃいだ。

「うわー！　きれいだわ。青や赤や緑や色とりどりなのね。きれいだわ、カラーさん、どこで採ってきたの」

「この間、海に行って拾ってきたんです」

「ありがとうございます！　これは家に持っていって、伯母さまに預けておいて。あたしはお茶会に行かなきゃならないから。ご飯は食べたの？」

「食べるどころか、たった今着いたばかりでさ」

タンタンミンは五チャットを渡した。

「さあさあ、これでご飯を食べてね。あたしが家にいなかったら、カラーさんにおいしいものを食べさせてくれる人がいないから。じゃあ、行ってきます」

タンタンミンが立ち去ろうとしていると、カラーが引き止めた。

「嬢様、ちょっと待っておくんなさい」

「まだ何かご用？」

カラーは首を縮め、もじもじしている。

「今年も同じように田んぼを耕させてもらうように、嬢様から親方様に口をきいてもらいたいんで」

「わかった、わかった。言っとくから、安心して。あれは、持っていってね。忘れないで。ありがと」

彼らが話していると、手紙を読んでいたティンウーが手紙をくしゃくしゃにして、強く舌打ちした。

「どこのどいつが、彼女に根も葉もないことを吹き込んでるんだ？　チェッ、信じるにもほどがある！」

立ち去ろうとしていたタンタンミンが踵《きびす》を返して、ティンウーのそばにやってきた。

「お兄様、どうしたの」

「ターメーの奴さ。詳しい事情もよくわからずに、どうしてこんなことが書けるんだ！」

カラーは眼を伏せ、両手をだらりと下げて、居心地悪そうにしている。タンタンミンがティンウーをなだめるように言った。

「お兄様、何が書いてあるの」

「ごらんよ、タン君。このティンウーさんがダコイトと関係があって、ダコイトを働いているってさ」

「まあ、そんなの嘘ばっかり！　どうしてそんなこと書くのかしら」

「詳しい事情をたずねろってんだ！　なぜ関係を持ったのかとか何とか、たずねろってんだ。中途半端な情報を鵜《う》呑みにして、事実に反することを書いてる！」

「彼女の師匠の共産党の連中の工作にちがいないわ」

「共産党の奴らは至るところで裏工作する連中さ。僕がダコイトとどうしてかかわったかってことは、奴らもとっくにわかっているはずなのに。ねえ、カラー君、君の先生はこの話をどこから仕入れてきたんだ」

「おいら、何も知らねえんです」

ティンウーは悲しみと落胆を露わにして呻《うめ》いた。

「うーむ、ターメーよ、君と俺は、時が経てば経つほど離れていくようにできている……」

妹が兄をなだめるように、タンタンミンが言った。

「じゃあ、この件は落ち着いてからお兄様がご自分でお考えになって。……さあさあ、憂さ晴らしにお茶会に行きましょう」

ティンウーはしばらくぼんやりしていたが、タンタンミンと一緒に出ていった。カラーはその場に残されて呆気にとられた。それからくるりと向きを変え、タンタンミンの家へ貝殻を届けるために急ぐのであった。

6

一九四六年は、特異な事件の数々に鼎《かなえ》の沸くがごとき年であった。

労働者の賃上げ闘争が次々と起こった。年頭に、製材工場の労働者がすべてストライキを打った。続いてダラのドックの労働者、続いてドーポン[27]のドックの労働者、続いて港湾税関労働者がストライキを打った。

パサパラ全国大会の小作料不払いと地主制度廃止の決定や、農民同盟と農民協会のリーダーシップもあって、広範な農民闘争も起きた。

農民の食糧充足闘争は、民族解放の運動と連帯していった。ペグー（バゴウ）では、三万の農民が自家消費米獲得に向けデモ行進した。

最も高揚した青年たちは人民義勇軍に入った。人民のために尽くそうとした。軍事行進をした。解放闘争の準備に入った。植民地主義者は人民義勇軍を制服着用禁止や軍事行進禁止などで押さえにかかった。全国で抗議が起こり、タンタビンではデモ行進する民衆が植民地主義者に銃撃された[28]。民衆の抗議集会や民衆の抗議デモで、国中が嵐の海のようにうねっていた。

労働者、農民、愛国的青年、国民大衆の高揚した潮は、書記官や警官など、従来覚醒することの少なかった階層にも波及し、彼らも覚醒し、高揚して、組織活動という武器を手にした。

一九四六年九月に入ると、民衆の高揚は最高潮に達した。それは古い体制の保塁に向かって攻撃を掛けていた。

警官がストライキを打った。

役所の書記官や郵便局・鉄道労働者などの国家公務員がストライキ[29]を打った。植民地制度が築いた官僚機構が、粉々に砕け散ろうとしていた。

最終的な権力奪取に向け、革命の機は熟していた。あとは武装革命によって頂点をきわめるだけであった。

ピャーポンの警官は、ほかの一歩先を行っていた。

ピャーポンの警官は、自分の武器を持ってストライキに入った。

「打て！　打て！　ストライキ！」「警官の権利を、ただちによこせ！」「生活給を、ただちによこせ！」などのシュプレヒコールは、「完全独立をただちによこせ！」というシュプレヒコールへと発展していった。常日頃、彼らが生業《なりわい》として逮捕の対象としていた相手からのシュプレヒコールが、彼らのもとへ波及していく。常日頃、彼らが生業として逮捕の対象としていた相手と、彼らは連帯していく。

共産党事務所の奥の部屋の一つで、人民義勇軍からバラともう二人、社会党からティンウーとソウマウンとチョーニュン、共産党からミャとルンペーとチョーマウンが話し合っていた。電球が一つ灯っている。壁に大きな鎚と鎌の旗がかかっている。彼らは筵《むしろ》に車座になって座っていた。

「警官が武器を持ってストライキをやるようになったのは、非常に革命的だ。よかったよ」とミャが言うと、ティンウーが応じる。

「他ではどうなっているのか知らないんだが、ピャーポンじゃはなはだしく団結しているね」

「パサパラ本部執行委員のマン・バカイン[30]がピャーポンに来ています。彼は、警官が持ち出した武器を返還すべきだと言ってますよ」とバラは言うが、ミャは聞かない。

「武器を返す必要はない。ストライキ中の警官の手元に置いておいたほうがいい」

ティンウーがさらに言った。

「ラングーンの警官は武器を返還して、ストライキに出ていった」

「ラングーンの警官は程度が低いな」とミャが言えば、ティンウーも応じた。

「俺たちピャーポン人はなかなかのものだね」

そこへバラが口をはさむ。

「武器を返還しないんだったら、警官と軍隊とでイギリスを攻撃することになりますね。これでひと思いに今一斉蜂起するのかどうかだ。アウンサン将軍からも何の通達も来ない」

そこでソウマウンが提案した。

「パサパラ執行部のメンバーであるマン・バカインも、武器の返還を提案している。町のお偉方の中にも、武器を返還するよう説く人たちがいる。最後の決戦までいくのかどうか、俺たちもまだはっきりしていない。こんなことでは、やはり武器は返還したほうがいい」

ティンウーはシガレットを激しく吹かしている。かなりの間一同は口をつぐみ、黙り込んでしまった。

バラが口を開いた。

「そうだ、やはり、武器を返還する命令を出すべきでしょう」

「下手に武器を取って、せっかくの芽が摘み取られるのもこわいから、武器を返還するんだったら返還することにするともさ。だけど俺たちは、武装蜂起の準備はしておいたほうがいい。武器を集めて回らねばならないね。政府の防衛組織[31]の銃を集めて回ればいいと思う」と言うティンウーに、ミャも折れた。

「それがいい。武器を集めよう。俺の本音は、警官には武器を返還してもらいたくない。だけど、多数の意志だからな。その間に、ラングーンへ人をやって、最終的な革命まで進むのか進まないのか、聞いてこさせようと思う」

彼らはラングーンに人を派遣する段取りをした。上級機関の指令にきわめて依存的であった。彼らが独自で次の段階に進む勇気はなかった。

そのあと、盗人やダコイトから町を守るための警備の段取りについて話し合った。地域を分割し、人民義勇軍と社会党と共産党とストライキ警官がそれぞれ分担して警備する準備をした。

武器の返還と収集の手はずも整え、それぞれ任務を分担した。上昇していた革命の潮は、分裂主義の思想や策動を波間に沈み込ませ、統一と団結の小舟を速やかに水辺に押し出したのである。

7

あたかも大海で喉が渇くという言葉さながら、ビルマの穀倉地帯である地方が、飢餓の問題に直面を余儀なくされていた。

ピャーポンの町にほど遠からぬ、ピャーポン川の両岸に位置するアウクィンヂー村、モービー村、アチャー村、タメイントー村、カニ村、マゲーヂー村、マゲーガレー村、ナウピャントウ村、カダー村、タウチャー村などの水田労働者や、草刈人や、漁師や、そのほかの貧困家庭では、ワーゾウ月ワーガウン月（太陽暦の六月頃から八月頃）ともなれば、もはや自家消費米がなくなっていた。彼らは手を尽くし、高い利息を払って、借金せねばならなかった。トーダリン月ダディンヂュッ月（太陽暦の八月頃から十月頃）になると、小作人さえ自家消費米が切れた。昔なら、家に米のないことが人に知られるのは恥であった。粉米を煮て飲もうとするところを人に見られると、犬の餌だとごまかした。よんどころなく人に事情を知られた者たちは、自分たちが食事に事欠くのはカルマの定めだとでもいうかのように、じっと背を丸めて耐えた。

今年は、パサパラの食糧充足を求める決議が彼らの村にもたらされた。先の八月にピャーポンでは、人民義勇軍と共産党と社会党から各一名で構成される三人組部隊が彼らの村を訪れ、自家消費米の統計を取った。自家消費米を充足させるべきだと演説した。植民地主義者の米プロジェクトについて説明した。

我々はみんな、雨の日も日照りの日も懸命に働いた。田植え前には水田に足を踏み入れ、水牛や牛と一緒に泥と格闘した。我々の汗を振りまき、苗を植え付けた。収穫時に小作料を支払い、借金の利息を支払い、我々の手元に残る稼ぎは、水牛一頭の借り入れ金にも足りない。我々は腹いっぱい食えない。水牛や牛さえ蚊帳で寝る。我々は蚊帳で寝られない。我々の籾米は、富豪の穀倉や精米工場へ集積される。プロジェクトの手元へと送られる。

そのような認識が、社会党と共産党と人民義勇軍などの左翼勢力のおかげで、それらの村人たちのものとなったのである。

ピャーポンの警官がストライキに入った。国中の警官もストライキをしているという知らせが、モービーや、アチャーや、マゲーガレーや、マゲーヂーなどの村々にもたらされると、歴代の統治者に抑圧されてきた階級本来の知恵を働かせて、彼らは支配機構が崩壊しつつあることを即座に理解した。食糧問題を彼ら自身の方法で解決する権利、すなわち彼らの運命を彼ら自身で創造する権利というものを、即座に彼らは理解した。

したがってこの村々の人々は、大小の船や、小舟や、サンパンなどさまざまな移動手段で、ナウピャントウ村の精米工場へ繰り出した。工場前の川にも、工場横のナウピャントウ村近隣の水路にも舟やサンパンが集結していた。

民衆は工場構内に押し寄せていた。穀倉の扉を叩いて、無理やりこじ開けている者もいた。

工場の周囲も、やや離れたところでも、人民義勇軍が包囲して護衛していた。

ターガウンとターメーは民衆の間に分け入り、穀倉のほうへやってきた。ターガウンは手にメガホンを持っている。彼は穀倉の入り口近くの階段の上に登った。ターメーは下で見ている。

その間に穀倉の扉が開き、民衆が鬨《とき》の声を上げて押し寄せてきた。ターガウンはメガホンを口に当てた。

「同志諸君、ちょっと聞いてくれ」

鬨の声が静まり、押し寄せる動きも弱まっていく。

「同志諸君は米が欲しい。そうかね?」

民衆は呆気にとられて何も答えず、ターガウンを見つめている。

「同志諸君は米が欲しい。そうかね?」

後ろのほうから一人が、「欲しい!」と叫ぶと、民衆全体が、「欲しい!」と唱和した。

「全員、一人残らず欲しい。そうかね?」

民衆は再び呆気にとられ、彼を見つめている。

ターガウンはじれったくなって、重ねてたずねた。

「全員、一人残らず米が欲しい。そうかね?」

「欲しい！　欲しい！」と次々に声が起こり、騒々しくなっていく。

「一人残らず欲しいなら、こんな具合に押し寄せちゃいかんです。互いに肘鉄砲を食わせちゃいかんです。こんな具合に、我も我もと押し合いへし合いやっておれば、一人残らずもらえることはできんです。たくさんもらう者もいれば、全然もらえない者も出る。これでいいのかね」

民衆は彼を見つめて、再び何も答えられずにいる。

ターガウンは腕を前に突き出し、お縄になる仕草をして叫んだ。

「えーと……これでいいかね？」

「だめだ！　だめだ！」と、次々に叫び声が起こり、拍手する者や口笛を吹く者も出る。

「今から、わしがよいやり方を提案します。まず、この工場に米がどれほどあるかを調べて、リストを作ります。それから、今回参加した村人のリストを作ります。村の指導者の名前を、今から読み上げます。先月あたりから、共産党と社会党と人民義勇軍で協力して、自家消費米の統計を取ったものが、わしらの手元にはあります。本日参加した村の指導者や、わしらで計算してみます。一つの村がどれほどもらえばいいか、わかるでありましょう。それから、村ごとに米を出すから、もらってやってください。この段取りで気に入ったかね？」

「気に入った、気に入った……」

歓声、口笛がとびかう。

「気に入ったら、あとはもらうだけであります。親の同意があろうと、なかろうと、気に入ったらもらわにゃなりませんぞ」

　どっと笑い声が沸き、口笛がとびかう。

「さあ、この穀倉をわしらが占拠しました。わしらの活動の段取りはどうなっているか、おわかりかな。現在警官がストライキをしております。政府は崩壊しております。政府が崩壊しているのだからといって、やたら無秩序に動くんではありません。わしら自身が政府を造らねばならないんであります」

　歓声に耳がつぶれんばかりとなっていく。

「わしらが、一致団結して、秩序正しく、この穀倉の米を接収したように万事やっていけば、わしらの自家消費米は、わしらのものとなり、わしらの水牛は、わしらのものとなり、わしらの国は、わしらのものとなるでありましょう」

　一斉に歓声があがる。

「これから米を接収する際に、県知事やら軍隊が来て妨害するかもしれません。奴らがやってきても、同志諸君はあわててはいかんです。米を接収している間、何も妨害されんように、人民義勇軍が取り巻いて護衛してくれております」

　歓声が騒がしい。ターガウンがターメーに上に上がるよう命じたので、ターメーは上がってターガウンの横に立った。その手には帳簿が握られている。

　ターガウンはメガホンを握った。

「では、この先生が村の指導者の名前を読み上げます。わしとほかに三、四名が穀倉に入って米袋を調べます。穀倉に入る前にひとつ前もってお願いしておきたいのだが、わしの願いを聞いてくれるかな？」

「聞くぞ！　聞くぞ！」

「わしらの村の分も数のうちに入れさせてくだされよ」

どっと笑い声がする。

「同志諸君、分配しくじり、親方飢えるといったざまは、なにとぞご勘弁を」

ターガウンはターメーにメガホンを渡し、近くにいた四名を連れて穀倉に入った。ターメーが村の指導者の名前を読み上げた。

こうして米の接収行動をしているときに、川から空砲を一発打つ音が聞こえた。ターメーは銃声のしたほうを眺めた。人々も銃声のほうに顔を向けた。しばらく無言でじっと川のほうを眺めていた。それから互いにひそひそとささやき合った。たずね合った。人の頭越しに見つめた。つま先立って見つめた。子供を横抱きにしていた母親たちは、わが子をぎゅっと抱きしめた。そのとき、人民義勇軍の兵士が一人ターメーのところへ足早にやってきて、何事か小声でささやいた。

ターメーは川のほうをじっと見つめ、一艘の小型戦艦が来ているのを目にした。

そこで、民衆にメガホンで語りかけた。

「同志の皆さん、なにも心配することはありません。海軍の船が一艘来ています。空砲を打って合図したのです。落ち着いて規律正しく行動してください」

ターメーがメガホンを持って穀倉の階段の上から下り、人民義勇軍の兵士と川岸に向かうと、人々は道を譲った。ターメーは水際にやってくると、桟橋に登って立った。ターメーの前には、ひたひたと波打つ水面と、白い雲がかかっている空があるだけで、ターメーが桟橋に立っている姿は、あたかも灯台のように孤高であった。さわさわ吹いている風に、ロンジーの裾《すそ》がはためいている。

小型戦艦は彼らのほうへ向かっている。みんながはらはらして、ターメーを見つめている。

ターメーは、メガホンを小型戦艦のほうに向けて語りかけた。

「同志のみなさん、すべての海軍兵士のみなさん。ビルマ独立に向けて大きな革命の時期《とき》が到来しています。今、ここで、革命派の人々が、飢えたビルマ人たちが、プロジェクトの資本家の米を接収しています。同志の皆さん、銃口を私たちに向けないで、イギリス植民地主義者に向けてください」

ターメーが話している間、民衆は精米工場と穀倉に背を向け、川とターメーのほうを向いて、耳を澄まし、はらはらしながら、小型戦艦とターメーを代わる代わる見ていた。

ターメーは、もう一度同じことを叫んだ。

小型戦艦の上のカレン族や混血の若い海軍兵士は、ターメーが何を言ったかをよく理解し、くるりと艦船の向きを変えた。

ターメーはメガホンを民衆の側に向けて叫んだ。

「同志のみなさん、いまや、警察も我々の警察となり、海軍も我々の海軍となりました」

民衆は天界も割れんばかりの歓声を上げ、狂喜乱舞した。指笛の音や、うぉー、うぉーと叫ぶ声などで沸き立っていく。上着を脱いで掲げる者、帽子を掲げる者、籠を掲げる者、ジュート袋を掲げる者、飛びはねる者で、大地も揺れんばかりとなっていった。

8

ドン、ドン、ドン、ドン、ドン……、ドアを叩く音がする。

ターメーははたと目覚めると、枕もとの携帯ランプの芯を上げ、明るさを強めた。

伯母たちはぐっすり眠っている。

ドン、ドン、ドン……。

ターメーは寝床から起き上がり、携帯ランプをぶら下げて、家の前に面した窓のほうへ行った。窓を開け、下をのぞいた。

下にいた二人は上のほうで窓が開く音が聞こえたので、靴脱ぎにしている派生小屋（母屋に屋根と柱をつけた建て増し部分）から下りて、姿を見せた。闇の中で誰なのかよく見えない。

ターメーはそっけない声でたずねた。

「誰？」

「……怪しい者じゃない、戸を開けてくれ」

ターメーは仰天してしまった。まあ、ティンウーの声じゃない。真夜中に一体何用なのだろう。

しかとティンウーの姿を認めたくて、ターメーがランプを外に出そうとすると、下から抑えた声がした。

「明かりを外に出さないで。戸だけ開けてくれ」

とっさにターメーは、彼が重要な極秘の任務を帯びているのだと悟った。

彼女は爪先立って下に下りていった。伯母たちはぐっすり眠り込んでいる。

ターメーが一階の戸の近くに来ると、外から押し殺した声がした。

「ター、開けてくれ。ティンウーだ」

ターメーが戸を開けると、再び押し殺した声がした。

「ター、ランプをあっちのほうに置いてくれないか」

ティンウーとカラーが銃を担いで入ってきた。全部でライフルが五丁である。ターメーはすぐさま戸を閉めた。

ティンウーとカラーは、ライフルを壁に立てた。ティンウーはレインコートと帽子を床に置き、シガレットに火を点けた。ターメーは彼らを呆然と見ている。

「どこからのお帰り？　ずいぶん夜も更けたわ」

「ダコイトってわけだから、ひと仕事しての帰りってことになるだろうとも……」

ターメーは、はにかんでティンウーを睨んだ。

「ええ、ダコイトだっていうのは聞いたわ。ダコイトじゃないとはまだ知らされてないわ」

ティンウーはライフルに眼をやった。

「さて、釈明は後回しにして、今はあれを隠さなきゃ」

ターメーは燭台を持った。

「隠しましょう。さあ、来て」

カラーは安楽椅子に腰かけて、大きなあくびをした。それから眠りについた。

一階の奥に自家消費用の籾米を貯蔵する部屋があり、いまや米は尽きようとしていた。その部屋の床下に、日本占領期に作った地下室がある。ターメーは籾米を片方に寄せて積み上げ、ティンウーに筵《むしろ》を持ち上げさせた。それから床板を三枚はずして、地下室にライフルを入れた。再び三枚の床板で覆うと、籾米を余すところなくまき散らした。

そのようにして隠してから、玄関の間に戻ってくると、カラーは死んだように眠っていた。

二人はカラーを見た。そして、まずティンウーが口を開いた。

「かわいそうに、すっかり疲れちまったんだ。サンパンを漕いで休む暇もなかった。睡眠もろくにとれていない」

「この人たちが解放される日も近づいたわ」

ティンウーは苦笑した。

「そうだ、近いね。その時になれば、ダコイトも改心して善人になることだろうぜ」

ターメーは表情を曇らせ、壁際に置かれた長椅子に腰を下ろした。燭台も椅子の上の自分の横に置いた。かしこまって両手を自分の膝に置き、顔を曇らせてうつむいていた。

「あたしたちの仲は、時間が経てば経つほどうまくいかなくなってくる。党も思想も違って、ぎくしゃくするような目に遭うし、そのうえティンウーさんの個人的なことでも、残念なことが起こってくる」

ティンウーは長椅子に座った。彼らの間に燭台がぽつんと置かれてある。しばらくの間、二人とも無言であった。胸の中には話すことが渦巻いていた。言葉が出ようとしながらも、喉元に詰まっているようだった。

「俺がダコイトとかかわったとか、ダコイトを子飼いにしてるって話かい。この件はターだけには知っておいてもらう必要があるね。ダコイトの一派とつながりがあるのは本当さ。その中には、いったん事あれば、彼らと彼らの武器が使えるようにと、政治的判断から味方につけた者たちもいる。ビルマ軍時代に俺の部下だった者たちもいる。彼らはみんな、抗日革命が終わってこのかた、心の張りをなくしてダコイトになった。彼らを守ってやらなきゃならなかった」

ターメーの曇った顔が少し明るくなっていく。ぶらりとさせていた足を少し揺らした。しかしまだ、力なく下ばかり見ている。

「じゃあ……そのことはわかったとしましょうよ。その次にまだ一つあるわ。こんなことを聞いたからって、あたしを軽蔑しないでほしいんだけど。タンタンミンさんとティンウーさんは……」

ティンウーは皮肉っぽい笑みをもらした。

「それはね、みんなが面白おかしく噂を振りまいているのさ。ターとターガウンさんのことだって、ゴシップを振りまく奴らがいるよ。俺はそんな話をまったく信じちゃいない。ターは、俺とタンタンミンの噂を信じていたのか」

ターメーの憔悴した表情が輝きを帯び出した。そうだった。社会党員たちがターガウンと自分のことであらぬ噂を立てていると聞いたことがあった。ターメーは注意も払わなかった。気にも留めずにいた。その一瞬、「小さい伯母さまとターガウンさんを一緒にしてやればいいわ」と、中年独身男女の縁結びという途方もない発想が心に浮かんで、ターメーはかすかにくすりと笑った。

「信じはしません。でもね、男ってわからないものですからね。タンタンミンさんなんて、あたしよりずっときれいだし」

今度は、ティンウーがくくっとかすかに笑う番だった。ムラサキスイレンの上をミツバチが旋回するように、彼のまなざしがターメーの輝く浅黒い顔の上を旋回する。

コケコッコー……。やや遠くのほうで時を告げる声がした。

ティンウーは大きくあくびをした。凝りをほぐすように手をぐっと伸ばした。

「それじゃ、もう行かないと」

「まあ、ここに泊まっていくんじゃないの？　大きい伯母さまを起こしてくるわ。この下の階に、あなた方二人の寝場所を作って差し上げますとも」

「いや、いいんだ。ここに泊まるのはよそう。あまり人聞きのいいことじゃない。みんなのゴシップの種になるよ」

「あら、そんなの気にすることないのに。自分にやましいことがないなら平気だわ」

「いやいや、だめだよ。人聞きのよくないこともあるが、いま帰らないと、潮の流れに遅れてしまう。ピャーポンに早く着かなきゃならないんだ。二十三日に向けて、対応もしなきゃね」

「何をやるの?」

「ラングーンでは社会党が二十一日、共産党が二十三日に集会をやる。ピャーポンじゃコインの裏表で決めて、二十三日に両党共催の示威行動をやる。農民も労働者も勢ぞろいさ。それからターも知っているように、二十三日に事務官たちがストライキをやるだろう」

ターメーの表情は活気を帯び、しぐさにも高揚感がみなぎってきた。

「事務官のストライキと警官のストライキが結びついたら、もちろん政府の機構は止まってしまうわね」

ティンウーがきびきびと立ち上がった。

「いよいよ大きな革命が来るぞ」

ターメーもきびきびと立ち上がった。

「ええ、そうね。大きな革命がやってくる」

恋人たちは見つめ合い、互いの顔に安寧を見出していた。互いの顔にすがすがしく崇高な未来をも見ていた。

「ター」と、ティンウーが穏やかな声で呼んだ。

「マウン」[32]と、ターメーが涼やかな声で応じた。前もってこんな呼び方を選んで、そう呼ぶ心づもりをしていたのか。それとも今この一瞬に、愛の不思議な力に煽られ、ついこのように呼んでしまったのか。それはわからなかったが、ティンウーの耳にはあまりにも心地よく響き、その顔に笑みがこぼれ出た。

「今度こそ、ターとマウンのためにも、独立がやってくると思うよ」

ターメーは愛らしく微笑んでいた。その顔は上気していく。

「ティンウーさん、じゃなかった……マウン、出発できるの？　真っ暗だわ」

「大丈夫さ」

互いの顔をじっと見つめてから、二人は、互いを引き寄せる愛の磁力に抗えないほどの、言い知れぬ心地よさを感じていた。

「ター」とティンウーが、酔いしれたような声で呼んだ。

「マウン」とターメーが、はるか彼方のシロカワアカシアの木のキジバトが、ねぐらに戻って甘い声で鳴くように鼻にかかった声を出した。

ティンウーは左手でターメーの右肩を持ち、右手を背に回して抱き、顔を寄せた。その左右の頬に愛の刻印をしるしたのみか、唇を合わせ、二人は愛の競演を繰り広げた。

ややあると、ターメーは自分を取り戻し、ティンウーの胸を手でそっと押しのけ、恥らってうつむいた。ティンウーが酔いしれたような低い声で言った。

「もしも気を悪くしたのなら、大目に見てほしい。これから先のことを思うと気が高ぶりすぎて、大きな希望に俺が酔いしれてしまったんだとでも思ってさ」

ティンウーはカラーを起こし、帰り支度をした。ターメーが戸を開けてやる。

「先生、さよなら」と、カラーが挨拶して出ていく。ティンウーはもう何も言わず、わき目も振らずに出ていった。

ターメーは戸を閉め、燭台を持ったまま、しばらく戸を背にして立っていた。残された何かを手探りで探すように、ふと掌で頬を撫《な》でてみた。彼女は愛らしく微笑んだ。

9

黄昏時であった。

光は曖昧《あいまい》な白さを帯びていた。その白さは次第に弱まり、曖昧さが萎《な》えていき、闇へと変化していく。

五番通りと桟橋通り[33]の辻に、人民義勇軍兵士が三名たたずんでいた。彼らのうち一人は共産党員、一人は社会党員、一人は無党派の兵士である。無党派の兵士は大きなメガホンを手にしている。共産党員がそのメガホンを取って叫んだ。

「すべての市民の皆さん！　ピャーポン郡パサパラからお知らせいたします。田畑を耕すすべての人々が田畑を所有するために、債務をなくすために、すべての労働者が十分な賃金を獲得するために、町に住むすべての貧しい人々がゆとりのある生活ができるために、ビルマ経済をすべてのビルマ人の手に取り戻すために、もはやイギリス植民地主義者と徹底的に闘わねばなりません。その闘いの一環として、来る二十三日に示威行動をおこないますので、すべての皆さんが参加されるよう案内いたします」

叫んでから三人はさらに歩き続け、四番通りと桟橋通りの辻にやってくると、また立ち止まった。社会党員兵士が共産党員兵士からメガホンを取って叫んだ。

「すべての市民の皆さん！　ピャーポン郡パサパラ本部からお知らせいたします。ビルマ白書に反対し、独立民族政府を樹立し、制憲議会の召集を実現するために、来る二十三日に示威行動をおこないますので、どなたも一人残らずおいでくださるよう、案内いたします」

叫んでから三人はまた歩き続けた。三番通りと桟橋通りの辻に来ると立ち止まった。そのとき、街灯が灯った。無党派の兵士が社会党員兵士からメガホンを取って叫んだ。

「ピャーポンの町に在住されるカレン族、中国人、インド人の皆さん！　カレン族、シャン族をはじめとするすべての原住民族が、自分で運命を築いていく権利を、すべての少数民族が公正な権利を獲得するために、イギリス植民地主義者を追い出さねばなりません。完全独立を闘いとらねばなりません。ですから、すべての民族の皆さんが参加されるよう、ご案内するものであります」

三人の仲間はさらに歩き続け、二番通りと桟橋通りの辻にさしかかると、ラジオの音が聞こえてきた。

ラジオは、「ただいまよりビルマにとって歴史的な重大ニュースを発表いたします」と同じ言葉を二度繰り返している。

「聞こうじゃないか」と、共産党員が言った。

「よくわからんが、ほかで、もう決起してしまったんだろうか……」と、社会党員が問う。

無党派の兵士が二人の間に入って、彼らの肩を抱いた。

「なあ、聞けよ」

「大英帝国国王陛下の名代たるビルマ国総督ヒューバート・ランス卿[34]は、現在国民の皆さんを憂慮せしめている各種の政治的騒乱の問題解決のため、以下の政治指導者の参画する総督諮問機関・行政参事会を組閣[35]いたしました。一、アウンサン将軍、パサパラ代表、行政参事会副議長、防衛・外務担当諮問大臣。二、タキン・ミャ、パサパラ代表、内務担当。三、タキン・テインペー、パサパラ代表、農業・農村経済担当……」

ラジオはそのような布告を流し続けている。しかるに三人の兵士には、単に音声が聞こえているだけであった。言葉の意味はもはや右から左の耳に抜けていく。彼らはもう、自分たちの指導者が何をしたのかが理解できないほどであった。驚きもした。悲しくもあった。なぜ我が指導者たちが総督の軍門に下るのか！　なぜアウンサン将軍が副議長にならねばならないのか！　なぜポストを受けたのか！　これらの問いが、幽鬼のように三人の兵士にとりついていた。

「ファッショ的総督はイギリスへ帰れ！　帰れ！」とシュプレヒコールを叫んだ彼らは、総督の帰国どころか、彼らの信頼する指導者たちが閣僚の座に就く事態に遭遇した。「イギリスに徹底抗戦しよう、植民地主義を根こそぎ打倒しよう」などといった彼らの叫びは、もはや無駄に終わるのであろうか。

いましがたまで彼らは、民族革命の道筋を固く信じていた。いまや楽しい夢を見ているときに覚めたにも等しかった。

三人の兵士はしっかり肩を組みながら前に進んだ。指導者たちを誠心誠意尊敬した。絶対的信頼を置いていた。しかるに指導者たちがそんな動きをしたことは、彼らを悲しませた。驚かせた。歩き続けながら、彼らは問いを発した。

「どうしてポストを受けたんだろう?」と共産党員兵士が問いかけた。

「ああ、そうだよ。どうして受けたんだ?」と無党派の兵士が問う。

「ああ、そうだ。どうして受けたんだ?」と社会党員兵士がさらに問いかける。

彼ら三人はもはや問いかけることしかできなかった。答えることはできなかった。尊敬し、信頼する指導者たちのやったことに不満だったのではない。ただただ理解できなかったのである。

彼らは岸辺通りに着くと、組んでいた腕を解いた。共産党員兵士が不承不承メガホンを取り上げてから、すぐに気分を変えた。

「なあ、叫ぶのはよそうじゃないか」

無党派の兵士が「うん、よそう」と言った。

社会党員兵士が「それがいい。やめようぜ」と応えた。

三人は岸辺通りを、互いにやや距離を開けて歩き続けた。それぞれが自分の思いにふけっていた。彼らは自分の問いに自分で答えられなかった。なぜポストを受けたのか!?

警官のストライキや事務官のストライキを見て、生活者的経験から行政機関が崩壊したと認識して、米の接収行動をおこなったターガウンなら、指導者たちの行為が理解できたろうか。大きな革命が近づいていると未来に思いを馳せて、高揚したティンウーとターメーは、指導者たちの行為を理解しただろうか。はたまた、新しい社会を建設する闘いのために、サンパンを漕いで彼らを送迎し、武器の運搬も手伝った、闘争の単なる同調者であるカラーならば、指導者たちの行為が理解できたであろうか。それはさだかではないが、少なくとも三人の兵士たちには理解できなかった。

共産党、社会党、無党派の人民義勇軍の若き兵士たちは、正しい答えを求めようとした。耳を澄ませて、答えを待った。議論をして待った。

折しも、共産党機関紙は、「植民地主義者の前にひざまずいたパサパラ！」とか、「自分の軍隊を足蹴にしたアウンサン将軍！」などと書き立てて、彼らの啓蒙につとめた。

そのほかの新聞もまた、彼らに情報を与えた。「二ポスト得られず共産党攪乱！」「白旗共産党[36]、パサパラを分裂させる！」

「将軍を窮地に追い込もうと共産党が、ストライキの火を煽る！」「テインペー・タントゥンの共産党、将軍に謝罪せず！」

こうしたニュース合戦の極めつけが、「共産党、パサパラを除名される！」というニュースであった。

あの夜、一大民族革命に向けて、社会党員と共産党員と無党派の三名の人民義勇軍兵士は手を携え、メガホンを順に回して叫んだ。いまや国民は分裂し、それぞれの組織が虎《こ》視《し》眈々《たんたん》と相手の隙をうかがって、メガホンで叫んだ。

共産党が書く。

――「将軍は機会主義者ウー・バペーの追随者になりさがった。植民地主義者と歩調を合わせた。革命を裏切った。我が共産党のみが、植民地主義者と妥協せず、革命の道筋に従っている。ゆえに現在労働者の全国的ストライキ[37]を遂行しているのである」

社会党が書く。

――「大臣のポストが二つ得られなかったために、撹乱に狂奔している機会主義者共産党に、全国民は唾を吐こう」

人民義勇軍が書く。

――「将軍への侮辱は人民義勇軍への侮辱だ。我々が黙ってはいないことを共産党は十分思い知れ。彼らの打ったストライキに飯包みを差し入れるな」

共産党が書く。

――「機会主義者パサパラは不要」

パサパラが書く。

――「分裂主義者共産党は不要」

彼らが互いに競い合うように書き立て、競い合うように演説し、競い合うように叫び、競い合うように示威行動をおこなううちに、国中に小競り合いが生じていった。バケツを叩く[38]。竹槍を持ち、両派の民衆が襲撃し合う。銃撃が起こる。カニ村では、人民義勇軍から袂を分かって赤軍[39]が結成され、看板を奪い合ううちに殴り合いになった。マゲーギー村では、事務用品の返還を赤軍が求めたことが発端で、刃物沙汰が生じた。

こうして、三人の兵士の問いに対する、正しい答はあらわれなかった。あらわれたのは、互いへの責任転嫁であった。

責任転嫁に狂奔するあまり、植民地主義者の分裂策動は見えなかった。植民地主義者の罠は見えなかった。民族の危機は見えなかった。互いの敵意だけは、どんどん鮮明に見えていった。

敵に向かって溢れ出ていた民衆の怒りは、同等の勢いで味方を焦がす怒りの炎となっていった。敵との矛盾を、味方同士の矛盾が覆いつくした。

国民の分裂は各方面から飛来し、至るところへなお一層飛散していった。なお一層拡大していった。

第2部　注

1　**ビルマ白書**　一九四五年五月十七日にイギリスがビルマの将来に関して発表した白書で、軍事情勢の好転に伴いビルマに民政を復活させること、**三五年ビルマ統治法**第一三九条に基づく総督の直接統治が三ヵ年続くこと、選挙はその後おこなわれ、行政参事会と立法評議会が設置されることなどを言明した。これに基づき、四五年十月十六日、ドーマン・スミス総督が帰任し、ランス少将による軍政は撤廃された。

2　**一九三五年ビルマ統治法**　一九三五年五月にイギリス議会で採択され、三七年三月に発効した。植民地化当時インドの一州とされていたビルマはインドから分離され、直轄植民地より高いが自治領より低い自治体となった。従来一院制の立法参事会が二院制となり、行政府はイギリス国王が任命する総督と、総督が指名する一〇名の大臣で構成される内閣から成った。日本占領期に傀儡ではあれ「独立国家」における行政を経験した**アウンサン**率いる**パサパラ**には、植民地時代の統治形態の復活は承服しがたかった。

3　**サー・ポートゥン**（ウー）（一八八三―一九五三）教師を経て、イギリス留学後弁護士資格を取得し、一九二五年に立法院議員、その後内務大臣、日本軍侵入時首相などを歴任し、植民地政府と共にインドのシムラへ亡命した。四五年十月にビルマに帰還し、四五年の第一次行政参事会首班に任命された。

4 **行政参事会**　一九四五年十二月二十日発足の第一次行政参事会で、総督の諮問機関であり、内閣に相当した。構成員について、**パサパラと**総督との話し合いが十月から開始した。一五ポスト中一一をパサパラに与え、その中に**テインペー**を加えるようにとのパサパラの要求を総督が呑めず、パサパラのメンバーは入閣しなかった。構成員はサー・ポートゥン、サー・トゥンアウンギョー、ウー・プ、タキン・トゥンオウなど一二名で、開戦前の植民地旧政治家を中心とした。

5 **モーレミント改革**　一九〇九年三月に施行され、立法参事会員が九名から一五名に増加した。

6 **両頭制**　一九二三年、モンタギュー・チェルムスフォード改正インド統治法がビルマにも適用され、行政参事会が設置されて、立法権と司法権が分離された制度をさす。若干の自治権を認めた程度であったので、ビルマ人の不満が高まっていた。**三五年ビルマ統治法**によって、より広い自治権が認められた。

7 **プロジェクト・ボード**　ビルマ政庁が復興計画の一環として産業部門別に設置した企画委員会で、イギリス系商社の協力を仰ぎつつ、本国からの無利子借款により復興を図った。農業の再建においても、農民の利害よりも取引業者や輸出業者の利害が重視された。

8 **RTB自動車会社**（Rangoon Transport Board Car Company）　植民地時代から存在した政府系の自動車会社。

9 **ダコイト**　ヒンディー語で、インドやビルマの武装強盗団をさす。

10 **制憲議会**　憲法制定議会で、一九四七年四月に選挙が実施され、六月に開会した。タキン・**ヌ**

が議長を務め、**アウンサン**の提案した憲法に織り込むべき基本原則を確認した上で、憲法作成に着手した。

11 **パサパラ全国大会**　一九四六年一月二十日シュエーダゴン・パゴダ中央塔壇で開催された第一回の全国大会で、土地国有化、民主主義的諸権利の獲得、平和的手段による独立獲得の追求などの決議があげられた。

12 **フォーカー木材会社**　製材工場を有し、一九三〇年代で従業員は三五〇人を擁した。

13 **コンベント・スクール……ビルマ語学校**　植民地時代は初等中等教育機関には、英語学校、英語・ビルマ語学校、ビルマ語学校の三種類が並存していた。大学教育は英語でなされ、ビルマ語学校卒業生に進学の道は閉ざされていた。英語学校であるコンベント・スクールには、非キリスト教徒の裕福な家庭の娘も在籍した。

14 **サン・カフェー**　植民地時代からシュエーダゴン・パゴダ通りの東側にあった大きなカフェーで、今はない。

15 **警察寄進宿坊**　警察が寄進した宿坊で、シュエーダゴン・パゴダ周辺にはこのほか、さまざまな団体から寄進された宿坊が建立されている。

16 **ウー・バペー**　（一八八三―一九七二）カルカッタ大学を卒業後、一九〇六年に青年仏教徒連盟（YMBA）創設者の一人となり、一一年にトゥリヤ新聞社を創設し、立法評議会議員や林務長官など歴任後、パサパラ中央執行委員となり、四七年の**アウンサン・アトリー**会談ビルマ代表団の一員を務めた。

17 **スィンオウダン通り**　ラングーン市街地を南北に走る通りの一つで、中央病院の南からラングーン川に向かう一八番通りと一九番通りにはさまれる中国人街。

18 **ノーマン・スクール** ラングーンにあり、教師養成コースを設置した英語学校。

19 **ビルマ帽** ビルマ族男性の盛装に着用するビルマ・ターバンで、端布を横に少し出す。バチョウは盛装で外出することが多かった。

20 **コウコウ** 「コウ・ティンウー」を本書ではティンウーさん、ティンウー君などと訳出している。コウ・ティンやコウ・ウーはそれよりやや親しげな呼称となる。コウコウは兄を意味するが、女性が恋人あるいは夫に呼びかける場合にも使用する。

21 **スティール・ブラザー社、ABC社、BOC社、ナマトゥー銀鉱山** スティール・ブラザー社は一八七〇年創立の、精米、石油採掘、製油、製材、ゴム、みやげ物など各種商品の貿易商で、植民地時代ビルマの対欧貿易の四分の三を占めた。ABC社（Anglo-Burma Company）は米の貿易を扱った。BOC社（Burma Oil Company）は一八八六年創立で、精油工場を有し、一九三八年のビルマの製油量の三分の二を生産精製した。ナマトゥー銀鉱山はシャン州北部にあるビルマ最大の鉱山で、銀だけでなく鉛や亜鉛なども産出した。

22 **緬斗** 一緬斗は一六緬升で、およそ二〇キロに相当する。米袋一袋は一緬斗が入る。

23 **飯包み** ご飯とおかずを大きな葉でくるんだ弁当。

24 **タナッカー** ミカン科のゲツキツの樹皮をすり鉢で水少々を混ぜて摩りおろし、顔などに塗る。あせも予防、虫除け、化粧などの用途がある。

25 **人民義勇軍** PVO（People's Volunteer Organization）を邦訳した呼称で、ビルマ語の直訳は「人民同志隊」となる。愛国ビルマ軍四七〇〇名がイギリス国軍の正規ビルマ軍に編入された後、

アウンサン将軍の呼びかけで、残る三七〇〇名によって一九四五年十二月一日に結成された。後には一四〇〇〇名まで増加し、全国に司令部を配置して訓練をおこなった。四六年五月にはドーマン・スミス総督が人民義勇軍をアウンサンの私兵と非難し、反乱軍と規定した。

26 **カレン青年協会**　**アウンサン**を支持するカレン青年の組織KYO（Karen Youth Organization）で、ソー・サンポウティンが議長を務めたが、実権は**マン・バカイン**が握った。

27 **ダラ、ドーポン**　ダラはラングーン川を挟んでラングーン市街地の南側に、ドーポンはバズンダウン運河を挟んで市街地の東側にある。

28 **タンタビンでは……銃撃された**　ラングーンの北西四〇キロのタンタビンで、一九四六年五月に**人民義勇軍**と農民のデモ隊に警官が発砲し、農民三名が死亡、八名が負傷した。

29 **警官がストライキ……国家公務員がストライキ**　一九四六年七月にタキン・**タントゥン**は**パサパラ**の圧力に対する示威として、**白旗共産党**影響下の全ビルマ貿易組合会議にストライキを指示した。八月にパサパラは下部組織の共産党の活動を禁止するが、共産党は戦後最大のゼネストを発動し、未曾有の公務員ストライキが発生した。九月五日には、ラングーンで給与改善を要求する警官のストライキが発生し、同六日に警官三〇〇〇人がシュエーダゴン・パゴダに篭城した。十六日に警官ストライキは給与アップで解除されたが、十七日に郵政、政府印刷労働者ストライキが発生、十八日に全政府官吏ストライキが発生、二十三日に鉄道・石油労働者のストライキが発生し、ゼネストの様相を帯びた。

30 **マン・バカイン**　（一九〇三―四七）カレン族で**パサパラ**中央執行委員、第二次**行政参事会**の工業・労働大臣を務め、一九四七年七月に**アウンサン**と共に暗殺された。

31 **政府の防衛組織**　一九四五年十月の軍政終了後、市町村に政府の防衛組織を設置して武器が与えられた。

32 **マウン**　若い男性の冠称や親しい間柄の冠称として名前の前に用いられ、女性にとって弟を意味するが、夫や恋人を呼ぶときにも使用される。

33 **桟橋通り**　ピャーポン川に面した桟橋から東へ走る通りで、南北に走る一番通りから一二番通りと交差する。

34 **ヒュバート・ランス卿**　一九四六年五月にドーマン・スミス総督はアメーバ赤痢を発病し、六月十四日に治療のため帰国した。七月三十一日にランス少将が新ビルマ総督に任命され、八月三十日に着任した。折からゼネストの最中で、これを終わらせるために行政参事会のメンバーの入れ替えが必要と判断した。

35 **行政参事会を組閣**　**ランス**総督は九月二十一日から**パサパラ**と交渉に入り、二十八日に第二次行政参事会を任命した。同会は総督の諮問機関とはいえ、内閣同様の権限を与えられ、メンバーは**アウンサン**（議長代行で事実上首相に相当、防衛、外務）、タキン・**ミャ**（内務）、タキン・**テインペー**（農業・農村経済）、**ウー・バペー**（商業・供給）、マン・**バカイン**（工業・労働）、ウー・アウンザウンウェー（公益）、ウー・ティントゥッ（大蔵）、タキン・**バセイン**（運輸通信）、マウンヂー（公共事業・復興）であり、九名のうち六名がパサパラが推薦した人物であった。タキン・テインペーは本書の著者テインペーミンで、イギリス連邦初の共産党員閣僚として話題を呼んだ。

36 **二ポスト得られず……白旗共産党**　一九四六年二月にタキン・**ソウ**が赤旗共産党を結成して以

後、多数派共産党は白旗共産党と呼ばれた。白旗共産党は行政参事会に閣僚として**テインペー**と**タントゥン**の二名のポストを要求していた。十月に白旗共産党はタキン・ソウとインド共産党の批判を受け入れ、入閣は誤りだったと判断を下した。十月十日に白旗共産党を除名し、テインペーは十月二十二日に閣僚を辞任した。巷では、タントゥンがポストを得られなかったためテインペーを辞任させたと言われた。

37 **労働者の全国的ストライキ**　**白旗共産党**傘下の労働者同盟は九月のストライキに組織的には参加せず、十月四日のゼネスト終結後賃上げ闘争を展開した。

38 **バケツを叩く**　大勢が棒でバケツを一斉に叩いて相手を威嚇する行為で、一九八八年の民主化闘争でも各地でこの方法が用いられた。

39 **赤軍**　一九四六年十月二十六日に**人民義勇軍**からボウ・テインダン、ボウ・アウンミンらが離脱して、赤軍を結成した。

第 3 部

1

一九四六年九月の大衆の大きな高揚は、武装蜂起で最高潮に達することによって最終的に権力奪取する大民族革命とはならず、総督の諮問機関である行政参事会を組閣するにとどまり、国民の間に大きな亀裂を引きおこして終焉を迎えた。そのさまは、あたかも潮が引いた後の岸辺にも似ていた。

潮が引けばホテイアオイの浮遊物が安逸をむさぼり揺らめき浮かんでいくように、政治の領域でも安逸をむさぼり漂流する者たちが多数あらわれていた。

潮が引けば至るところに泥芥《どろあくた》が満ちる。水路沿いに建てられた厠《かわや》の汚物は眼も当てられなくなる。それと同様に村落社会では、汚濁やそれにまみれた者たちがはびこっていた。利己主義者、機会主義者、贈賄者などの不実な者たちも増加していった。

共産党がパサパラを出ると、以前はパサパラの敵対者であった地主のチュエーは、カニ村のパサパラに加入した。不在地主チェティヤの代理人のポー旦那も、カニ村のパサパラの顔役となった。以前の彼らは、小作料不払い運動への攻撃や農民同盟の権威の封じ込めをパサパラの外からおこなった。いまや彼らは、パサパラの中心に入り込んでそれをおこなっていた。

ターガウンとターメーは、パサパラと共産党の分裂や、人民義勇軍と赤軍の分裂を望まなかった。情けない思いがした。パサパラと農民同盟の分裂も忌々しかった。しかし、農民同盟は彼らの同盟である。農民が豊かになるように活動している同盟である。田畑のない者たちが土地を所有できるよう闘う、彼らの同盟である。ゆえに、パサパラと同盟の分裂が疎ましかろうと、同盟に忠誠を誓わねばならない。チュエーやポーの攻撃から同盟を守らねばなるまい。同盟の路線を果敢に実践していかねばなるまい。

ゆえにカニ村のパサパラとカニ村の農民同盟は、「鳴きヤモリと壁に染み付いた煙草のヤニ」さながらの氷炭相いれない間柄となり、小競り合いは激化していった。

時はダザウンモン月（太陽暦十月から十一月頃）であった。実る土地では稲が小穂をつけていた。水田はエメラルドの緑に波打ちざわめいている。稲穂は米を内包して頭《こうべ》を垂れている。中には放水を済ませた水田もあり、水抜き付近で魚がよく獲れる時期であった。

その日、ターガウン一行は夜の集会に向けて参加者を苦労して動員した。前夜叫んで歩き回っただけでは間に合わず、当日も一日中地域に入って、小屋から小屋を回って動員をかけ、ターメーまでが自ら地域に入った。しかし、一五〇名ほどしかやって来なかった。ターメーは聴衆を目にしてもどかしかった。分裂前だと、これほど苦労して動員しなくても、この何倍もの人間がやってきた。この会場はいつも演説会を開いていた寺院である。今では住職までが会場の提供に慎重になっていた。では、パサパラが召集すれば人は来るかという問いが生じる。パサパラにはアウンサン将軍がいる。栄光に輝く過去がある。そのパサパラの栄光の輝きを、ほかならぬターガウンやターメーが築き上げてきたのではあるまいか。もっともパサパラが集会を召集しても、同じように閑古鳥が鳴いていた。ターメーはそのように考え、参加者が少ないことの申し訳を立てたが、やはり心細さを禁じえなかった。

ターガウンが集会の議長をつとめた。ターメーが演説した。政府からの農業融資の獲得、小作料の不払い、盗人ダコイトの駆除、カレン族・ビルマ族の友好、植民地主義者との徹底抗戦などが語られた。参加したすべての聴衆は惹きつけられた。心から感動して耳を傾けた。ターメーたちの指導なら何が何でも付いていこうとする者たちであった。ターメーの上の伯母もその一人である。彼女は聴衆の最前列に陣取って、大きな軽葉巻《セーボレイ[1]》を勢いよく吹かしながら、姪の政談を一言も聞き漏らすまいと耳を傾けていた。あたしの姪っ子はまったく学があるものだねえと、しばしば断を下すのであった。

寺院境内には、一〇名の人民義勇軍兵士がやってきて、それとなく耳を傾けている。彼らは今もターメーを尊敬していた。ターガウンの実直さや能力には感服していた。しかし、アウンサンをよく批判するので、彼には不服であった。

演説会場周辺からやや離れて、一五名の赤軍兵士が、竹槍を持って警備している。彼らの中にカラーの弟のタロウの姿もあった。

ターメーの演説が終わりに近づいたとき、演説会場の北側の大きな宿坊の奥から石礫《つぶて》が一つ飛んできて、演壇に落ちた。落ちてから転がって、それはターメーの足にも当たった。すぐさま二名の赤軍兵士が松明を点し、竹槍で突く構えをして駆けていった。聴衆は腰を浮かし、立ち上がろうとする者もいる。

ターガウンは立ち上がって、ターメーを机の脇の椅子に座らせた。ターガウンは前に進み出て、怒りに震えた声を発した。

「同志諸君……我々は民主主義的な権利を行使して、このように演説会をおこなっております。このようなときに、パサパラが投石するはどういう了見か、おわかりかな。演説会をなぜ奴らが潰したいかということが、おわかりかな。今、それを明らかにしましょう。わしらはここで、小作料の不払いを説いておりました。わしらは、小作料不払い闘争を準備しております。これを地主どもは嫌がっております。パサパラは、地主のパサパラになり下がったから、あのように投石をしたのであります。わしらは、農民が土地を持てるように活動しております。それを地主のパサパラが投石して潰そうとしました。わしらは、カレン族、ビルマ族を団結させようとしておりま す。カレン族とビルマ族を仲違いさせて紛争を煽ろうと策動しておる植民地主義者は、嫌がっております。だから、植民地主義者の手先となり下がっておるパサパラが、わしらに投石して、活動を潰そうとしたのであります。わしらは、ダコイトの攻撃から自衛する活動をやっておりま す。パサパラはダコイトを子飼いにして……」

そう話しているとき、西の方からおびただしい石礫が飛んできて、一つまた一つと演壇の上に落ちた。机の上には二個落ちた。かなり大きなレンガのかけらは、ターメーの右のこめかみに命中した。ターメーはぐらりと椅子から崩れ落ちた。壇上に横たわったその体の上に、さらに椅子が覆いかぶさった。血しぶきも飛び散った。

ターメーの上の伯母は軽葉巻を投げ捨て、壇上にどっかり飛び乗った。通常ならば、どうしたって飛び上がれはしまい。自分の胸を叩き、「ああ、何てことだよ！　この娘《こ》は死んじまったよー！」と叫んで、ありとあらゆる悪態をつく。ターメーを胸に抱きしめる。ターメーは気を失っていた。

赤軍兵士が怒鳴り、悪態をつきながら、投石者の跡を追った。聴衆の中には、逃げる者も出れば、寺院に上がる者も出る。途方にくれて呆然とする者も出れば、悪態をつきながら投石者の跡を追う者も出る。ターメーのもとへ駆けつけて取り囲む者も出て、騒然となっていく。

カニ村の人民義勇軍から赤軍が袂を分かち、殴り合いになった当時、ターメーは、「みんな、どうか喧嘩なんかしないで」と、無理やり割って入ってとりなした。いまや仲裁に入る者はない。哀れにもターメー自らが犠牲となったのである。

2

ターメーはピャーポン病院に入院していた。

こめかみに受けた傷は大きくなかったが、内耳に傷がつき聴覚障害が生じてしまい、病院で緊急に治療せねばならなかったのである。

ターメーが投石されたニュースは、ピャーポン全郡に広まった。ピャーポン郡の農民同盟は、パサパラに対してこの件に関する糾弾決議をあげた。女性コングレス[2]も大々的にパサパラを非難した。農民同盟と女性コングレスと赤軍の共催で、ピャーポンのパサパラ事務所前で抗議の大衆示威行動をおこなう準備までした。

カニ村のパサパラが、投石事件は自分たちと無関係であり、共産党がパサパラの権威失墜を企てて故意におこなったものであると声明を出し、ピャーポンのパサパラは、カニ村のパサパラによる投石の事実はないという調査結果を示して、彼らを支持した。

折しも、ビルマ共産党機関誌『人民権力ジャーナル』に、ターメーの写真入りで事件の経緯が掲載された。同誌は、カレン族とビルマ族の分断を画策する地主の代表で植民地主義者の手先となったパサパラを、激しく糾弾した。さらに、パサパラと共産党の分裂時にアウンサン将軍が語った言葉の抜粋を掲載し、このような犯罪は将軍の煽動によるものであると書きたてた。

ターメーが投石された事件をきっかけに、ピャーポンの共産党は、ターメーとティンウーの交際について考慮すべき段階に至っていた。ターメーとティンウーは共産党と人民革命党の統合協議の決裂前から付き合い始めていたため、ピャーポンの共産党は判断に苦しみ、結論を出さずにやり過ごしてきた。それにパサパラから共産党が出るまでは、共産党と社会党が互いにこれほど激しく敵対するとは予想もしていなかった。したがってティンウーとターメーの交際を歓迎はしないにせよ、横槍を入れることはせずにいた。ミャなどは、「彼らが結婚したら、我が党はかけがえのない一人の女性同志を失うことになるな」と発言しただけであった。

一方、党員の中には、「我が党が馬鹿を見るのさ。花婿が我が方で、花嫁が社会党員だったらよかったものを」と、冗談めかして言う者もいた。「ターメーさんをティンウー君が娶《めと》るんだったら、我が党はタンタンミンさんを陥落させねばな」と、おどける者もいた。

いまや二人の交際は真剣に検討された。二党間の対立がきわめて激化していた。加えて当事者のターメー自身がその対立のシンボルとなっていた。ターメーにティンウーとの交際を断ち結婚するなと命じるか、あるいは、ターメーに交際を諦めさせられない場合は離党を命じるか。結局ミャの提案で、ターメーは当面ティンウーとの接触を断たねばならないという決定が下された。

その決定をターメーが理解できるよう、そして耐えていけるよう説き聞かせる任務は、ミャ自ら担った。

その決定がなされたのはターメーが投石されてから五日目だったが、ミャは十日目になろうとしてもターメーにまだ伝えられずにいた。彼女の傷の痛みが引かないうちはまだ話すべきでないというのが理由のひとつである。ターメーに相済まない思いや、同情があったこともそのひとつである。病院には彼自身しばしば訪れた。しかしその話は持ち出せなかった。彼は実直で冷静な男であった。恋愛に関しては彼自身何の経験もない。その年齢になるまでまだ恋人もいない。妻を娶ることも考えなかった。一部の連中のように、「独立を獲得すれば」とか、いついつになれば結婚するとかいった目標を掲げる男でもなかった。だから、こんな類いの問題をターメーに話すのは赤面する思いであった。そこで手紙をしたためて伝えようと用意した。

その日は投石事件から十日目であった。ターメーの傷口は癒えた。もう三、四回も薬を塗れば、包帯がはずせるはずであった。耳をよく洗浄して後に退院できるであろう。

聴力も元どおり鮮明になっていた。病院の横にある合歓《ねむ》の大木の上の小鳥たちのさえずりや歌声が、ターメーを晴れやかで幸せな気分にさせた。

ターメーは枕もとの窓から、北方と西方に目をやった。

その朝、昇りはじめの太陽は若々しい光りを放ち、六番通りにある家々の屋根とココヤシの先端を金色に染めていた。あちらの六番通りとこちらの五番通りの間の池たち[3]も、鏡のように静まり、鏡のように澄み切っていた。金色に染まったココヤシも、薄青いフェルトに柔らかな綿の塊をあちこちにちりばめたように美しい空も、水面に絵画のように描き出されていた。

その一瞬、ターメーの全意識はひたすら自然界の瑞々しい麗しさに集中して心地よく、しばらく人間界の分裂や愛憎の問題のすべてが忘れられていた。

ややあって、ターメーはベランダに出て、南方や東方を眺めた。彼女のすぐ前にはドーソン銀行の大きなビルがある。ターメーの心は十八ヵ月ばかり前の出来事へと飛んでいった。この銀行でターメーとティンウーは武装解除の是非をめぐって意見が対立し、反発し合って口論となった。怒りの炎を放つティンウーの両の目を、ターメーはまだ覚えている。自分が号泣してしまったことを思い出し、ターメーの心に切なさがひりひりと生じてきた。

ターメーは市立公園のほうへ目を転じた。その瞬間太陽を雲が覆ってしまった。風もさわさわ吹き出した。この市立公園で、ネートゥーイェイン決議[4]を支持する集会や抗日記念メーデーなどの大衆示威行動がおこなわれた。以前この公園は団結と統一の公園であった。ターメーには、あの頃と今とでは現世と前世ほどの隔たりがあるとさえ思えた。胸が熱くなってきて、懐かしいあれこれが一つまた一つと浮かんでくる。

公園をターメーが見ているうちに、雨雲が立ちこめたようになっていく。公園に靄《もや》がかかり出した。まもなく公園はぼうっとした靄で覆われていった。突然ターメーの眼前に霧雨が降ってきた。

ターメーは自分のベッドに戻った。ティンウーがラングーンで買ってきてくれた毛糸で彼女自身が編んだ膝掛けをかけ、ベッドに座って外を眺めた。霧雨は鏡のように澄み切った池も覆い隠した。だが、霧雨はターメーの憂いや想いを覆い隠すことはできなかっただけでなく、一層激しくつのらせた。

ターメーは、切なくも懐かしい団結の栄光に輝く過去の思い出に埋没していた。しばらくすると、下の伯母が重箱を提げてあらわれた。伯母はターメーの入院以来ピャーポンに出て付き添っていた。

伯母はターメーに一通の手紙を渡した。住所を見ると、差出人が誰だかわかった。手紙はラングーンからカニ村に届いた。カニ村から再びピャーポンへ、人に託されて送られてきた。ティンウーがラングーンへ出かけていたのだった。

ターへ

ターの事件のことを聞いたばかりで、これをしたためています。ターがこんなことになって、僕がどんなに衝撃を受けたかということは、取り立てて書くには及ばないと思います。知らせを聞いてすぐ、傷の具合がどうなっているか、どれほどひどいのか、どんな治療をしているのか、この目で確かめるために駆けつけたくなりました。ですが、会議を中途で放り出し、出席を取り下げて行くことはできない状況でしたから、手紙だけを書くことにしました。僕をどうか許してください。

ター、政治状況も随分ひどくなってきています。分裂はもう食い止めることができないと思います。ピンマナーではどうなっているか、[5]ビルマ各地でどれほどひどいことになっているかということは、君も新聞で読んでいることでしょう。僕は仲間同士の分裂を見るにつけ、政治活動から身を引きたいとさえ思うようになりました。

パサパラの「一年以内に独立を獲得すべし」という決定[6]は読みましたか。ターの党がどういうふうに考えているかはわかりません……。そうだよね。

とにかくター、ピャーポン病院でしっかり治療することです。

ター、僕は今度の日曜に戻ります。

マウン

ターメーは手紙をもう一度読んだ。

今度の日曜に戻るということは、今頃は帰っていてもいいはずだ。突然姿をあらわすかもしれない。ターメーは待ち遠しくなった。恋しさがつのった。彼がやってきたら、最初は皮肉のひとつも言ってやるのよ。いえ、話をする時間などないでしょうよ。恋人を見舞って傷が癒えたかたずねる時間などとてもあるまい。そう考えるや、ターメーは自分が哀れになりはじめて暗く沈んだ気持ちになってくる。

もしも彼が来てくれたら、ラングーンの政界の内輪話くらいは聞けるだろうと、再び気を取り直して期待を持つ。聞いたところで、心惹かれる懐かしいものは何もないわ。分裂だの、なじり合っただの、けんかしただの、引きずり下ろしただの、潰しただのといった話を聞くのが関の山だわ。ティンウーでさえ、政治活動から身を引きたくなったという。ああ、もう政治のことは考えたくないわ。こりごりよ。彼が戻ってきたら、あたしに何を持ってきてくれるかしら。本は持ってきてくれると思う……。

「ちょいと、ターメー、ご飯を食べなさいよ。冷めてしまうよ」と、布で皿を拭いていた伯母に声をかけられると、ターメーは物思いにふけるのをやめて、手紙をたたんで枕の下に入れた。立ち上がると、手を伸ばして体の凝りをほぐし、鬱々《うつうつ》とした思いでぐったり疲れた心に闊達さをとり戻した。

「伯母さま……ターガウンさんはどうしているの？」

「顔を見せないねえ。あのお方も野良仕事があり、農民同盟の仕事がありで、ひどく忙しいんだと思うよ」

ターメーは伯母が並べてくれた食事にまだ手をつけず、にっこり微笑んで伯母をじっと見つめた。

「伯母さま、あたしが一度話したこと、まだ覚えているかしら？」

「何なのさ」と、呆気にとられた表情で伯母がターメーにたずねる。

「フフフ、小さい伯母さまとターガウンさんと……。フフフ」

「おやまあ、あんたときたら。あたしはどうせ探すんなら、ちゃんと働いて食べさせてくれる人を探すわさ。あんたのターガウンさんは、同盟の活動でお縄になるかも知れないお人だよ。ホホホ……。いい加減にしておくれな。うっかりそんな話でも持ち出された日には、そのうちばったり道で出会っても、あたしらは気まずくて口もきけなくなってしまうわさ」

「伯母さまは、口もきけなくなるのが心配なのね」

伯母と姪は笑い合った。

食事を済ませてから、二人はあれこれとりとめもない話をした。話題はもっぱら笑いの種になるようなことばかりだった。

伯母が帰っていくと、ターメーはベッドに横たわった。ああ、小さい伯母さまと大きい伯母さまと暮らせば、どれだけ心が安らぐことかしら。小さい伯母さまに大きい伯母さまにあたしの三人はお互いに気心も知れ、お互いの求めに応じ合え、お互いのために尽くせて、お互いへの情愛も時と共に深くなる。悪意を抱くことや、反目することや、疑うことや、恐れることや、離反することなど何もない。ああ、国中の人々が我々三人のような間柄だとよかったのに。今なんて……。ターメーの心がまたもや政界の分裂に向かおうとした瞬間、彼女は思考を停止した。気晴らしに隣りの患者たちのところへ話しにいこうかと考えた。気乗りがせず、傍にあった『人民権力ジャーナル』を手に取った。ああ、ここでも、分裂だの、殴り合いだのばかりだわ。だから、ミャさんが言っていたのね、我々のジャーナルも不吉なニュースばかりが載っている。祝福すべき、希望を持つべき頼もしい記事はもはや載らないって。そう言うのももっともね。ターメーは『人民権力ジャーナル』を置いて、『ダゴン』[7]誌を取り上げ、読み出した。

午後遅くになって、ミャがあらわれた。ミャは、党中央から下りて来た文書のこと、『人民権力ジャーナル』の滞納金が中央から督促されていること、カンパ集めが困難になっていること、ボウガレーの党支部のことなどを語った。ミャは党の問題にしか関心がなく、党の問題しか語らず、党の仕事だけをやっている男であった。もっとも、時おり文学の話はした。読書もしていた。

ミャが帰ろうとして立ち上がりぎわに、ターメーに一通の手紙を差し出した。ターメーはすっかり驚いた面持ちで見つめ、受け取った。ターメーが何かを問う前に、ミャは階段のほうへ立ち去っていた。封筒の宛名には、「同志ターメー殿」と書かれていた。手紙の渡し方も常ならぬところがあっただけに、ターメーは胸騒ぎがした。開けて読んだ。

同志ターメー殿

同志は、抗日革命に男性と肩を並べて参加された優秀な女性であり、加えて我が党のきわめて貴重な女性党員でもあります。ゆえに、諸問題を正しい政治的観点から冷静に考える力を備えておられることでしょう。よって、この書簡の内容をよく理解していただけることと信じております。

共産党内においては、党の問題と個人の問題を分離することはありません。よって、同志の個人的問題である恋愛問題もまさに党の問題であります。よって、同志とティンウー氏の交際についても、党が検討いたしました。

同志とティンウー氏が交際を始められたのは、共産党と人民革命党の統合協議が決裂する以前であり、目上の人間の了解のもとでお二人が節度ある交際をされ、ティンウー氏も我々と親密な革命家だったこともあり、党は一切口出しを控えてきました。

いまや状況が変化してきました。パサパラと共産党、社会党と共産党の矛盾が激化してきました。パサパラは我々に対して殲滅《せんめつ》闘争を挑んでいます。かくなる上は、我々も殲滅闘争に入らざるをえません。かくの如き状況下で、同志とティンウー氏がこのまま交際を継続された場合、大衆の中に誤った見方が生じることも懸念されます。

よって党は、当面の間、同志にティンウー氏との交際を禁じることを決定いたしました。党の会議に同志ご自身が出席され、この問題を論議した後に決定すべきところでありましたが、諸般の事情のため今回のような決定となりましたことを、ご理解いただけるものと考えます。

鉄の規律を持って党の決定を守られますように。

革命的敬礼を持って

あなたの同志　ミヤ

（追伸　当面の間交際を禁じるという上述の言葉の意味をご理解いただきますよう）

最初に読んだとき、ターメーは一気に読み進んだ。どこかの箇所で止まって考えるゆとりも失せていた。止まって考えることさえはばかられるように思われた。読み終えると、疲労困憊してしまったような感覚に襲われた。高みから飛び降りた人間が、飛び降りた瞬間、今どのような状態かとか、下に落ちたらどうなるかなどと考えることはできず、そのゆとりもない。哀れなターメーも、そのような心境になっていた。ターメーは、愛の山の高い頂きから飛び降りることを余儀なくされたのであったから。

ターメーは、枕もとの窓からぼんやり外を眺めていた。

太陽が沈んだ。霧が霞《かす》み始めた。空ではインドアカサギの群れが一群また一群と整列してまだ飛び交っている。ターメーの心は銀の霧と共に霞んでいる。

ターメーは、もう一度手紙を読み返した。一字一句理解した。一字一字、句読点まで、ターメーは反論できなかった。疑義をはさむ余地もなかった。しかし、病人にとって薬が治療に最善だとしても、人は薬を見れば尻ごみして、顔をしかめずにはいられないだろう。それと同様に、党の決定が現在の状況下では善処だったとしても、ターメーはたじろぎ、顔をしかめずにはいられなかった。息が詰まらずには、涙ぐまずにはいられなかった。

手紙の末尾でミャは、追伸として「当面の間」と「交際を禁じる」という二つの言葉を再度示していた。ターメーにはミャの気遣いがわかった。まだ希望はある。……ミャ、気の毒に。あたしを労わってくれているミャ。

　希望を与える人物が希望を与えてくれてはいるが、ターメーはもうあまり希望を持たなかった。彼らの愛は、流れの穏やかな、風の凪いだ、蓮の花の輝く池で漕ぐ小舟のようなものではない。向こうから激しく流れてくる二つの水流の合流地点にできた渦の只中、猛る嵐の中を漕ぎ進む小舟にも似ていた。

「両党の間が険悪になり、大衆も二分されるなんて、誰にとってもよくない。俺とターにとってもよくない」と、ティンウーがいつか言ったのをターメーは覚えていた。この言葉をもとにして、幾度となく考えてきた。ターメーが投石されるほど状況が悪化してからは、さらに考えた。気が重くなった。実のところ、今回のように交際を禁じる決定が出る状況は、予期せぬことではなかった。

　ナドー月（太陽暦十一月から十二月頃）に入っており、うっすら立ち込めた霧の間から、黄金の櫛にも似た三日月が細く弧を描いておぼろに見えた。ターメーはもはや三日月にさえ、自分の問題を相談したくなっていた。

「ああ、三日月様。望みがなくても望みを持って、想いに身を焦がし苦しみ消耗する、そんなことのないように、あたしとあの人の愛の庭園を、永遠に、根こそぎ、壊すべきなのでしょうか」

　三日月はターメーに背を向け、哀れなターメーの問いに答えたくもない様子である。

ターメーはもう一度ティンウーの手紙を読んだ。あの人まで政治から身を引きたくなっているという。それがいいかもしれない。……ねえ、あなた、一緒に逃げ出しましょうか。あたしも離党するわ。

ターメーは、政治活動から離れ、党を出て、農民同盟を去る自分を思い描いてみた。ターメーにとって党や同盟は、空中の楼閣ではない。ミヤやターガウンのような、誠実で、粘り強く、傲《ごう》岸不遜《がんふそん》とは無縁の、私利私欲を求めない、勇気ある、兄弟姉妹のような「同志集団」であった。

党と同盟だけが、カラーに田地を与えてやれる。妹のピューに衣服を与えてやれる。農業労働者レートーの腹を十分満たしてやれる。エビ加工労働者のカウと妻ニュンインの家の屋根を葺いてやれる。タイマウンやチッミのような彼らの子供たちに教育を受けさせてやれる。ダコイトの襲撃に脅えるターガウンの弟の妻の体面も守ってやれる。そのようにターメーは信じていた。確信していた。ミヤや、ターガウンや、カラーや、レートーや、チッミといった人々と、ターメーは決して離れられない。彼らを固く清らかに愛していた。さらに画家が自分の絵を愛するように、ターメーは自ら参加し建設してきた党と同盟を愛していた。

そのときふとターメーは、自分のさまざまな愛を分類してみた。ミヤやターガウンやカラーへの愛と、大きい伯母や小さい伯母への愛と、ティンウーへの愛と。それらを比べようとしてみた。……比べられなかった。それらの重みを量ってみようとした。……量れなかった。いずれかひとつでも排除しようとしてみた。……排除できなかった。

時を告げる半鐘の音が聞こえる。何回打たれたか、数えてみるゆとりもない。数えずにいた。ターメーこそは、あらゆる愛の集積の場であった。彼女の中にはあらゆる愛の典型が内包されていた。彼女はあらゆる愛を象徴する存在であった。

3

ティンウーは腕時計を見ると、ふいに椅子から立ち上がって、机の上の大きな紙包みを左手で抱えた。彼は紺色のラシャの上着に白と茶の格子の絹のロンジーを身につけ、茶色の靴をはいていた。いささかあわてて部屋の外へ出ようとしているところへ、ばたばた足音をさせてタンタンミンがやってきた。

「ハロー、お兄様。どちらへお出まし？　昨晩お帰りになったばかりだっていうのに」

ティンウーは出鼻をくじかれてしまった。とっさには言葉が口をついて出ないでいた。

「ちょっと行くところがあってね。用があるのかい」

タンタンミンはティンウーに近づくと、大きな紙袋を手に取って眺めた。

「お帰りになったって聞いたから、ラングーンのニュースを聞かせていただこうと思って。それから、あたしたちの会議のことをお話ししようと思ってやってきたんですわ」

「ああそれなら、帰ってから聞かせてもらうよ。これからまだ用があってね、行ってくるよ」

ティンウーは強引に出ていこうと身構える。タンタンミンは駄々っ子のように手足をばたつかせた。

「あら、どちらへ？　何のご用があって？　じゃあ、あたしもお供するわ」

ティンウーはうんざりしたようだった。しかしタンタンミンが相手とあっては、腹を立てることもできない。

「君が一緒に来るのはまずいと思う。ここで待っていたまえ」と言いながら出ていった。振り返って、「待っているんだよ」と重ねて言った。

タンタンミンはティンウーを睨《にら》みつけたまま取り残され、机の上に横座りして足を組んだ。彼女は目を壁の上にさまよわせた。アウンサン将軍の写真、タキン・ミャの写真、それに、ビルマ国民軍将校の制服姿のティンウー中尉の写真。ティンウー中尉の鋭いまなざしは、まさしくいつもの彼そのものである。その唇はきっちり締められず、歯をゆるやかに覆い、今にも微笑みそうにタンタンミンを見つめている。タンタンミンも、ついそれをじっと見つめ返した。そのときタンタンミンの心の中に、いわく言いがたい奇妙で複雑な感慨を帯びたある痛みが、生き生きとした力を持ってふつふつと湧き上がってきた。雄鶏に周囲をぐるぐる回られたときに、雌鶏が翼を広げ首の羽根を振っているように、タンタンミンは活気を帯び、うきうきとしてきた。しかしタンタンミンは、自分がどうなったのだろうと立ち止まって問いかけ熟考する習いのある娘ではない。垂らしていた足首を前後に動かし、かかとでぞうりを打ってリズムを取りながら、口笛で歌を吹いていた。

コーヒーを　あたしが淹れて
運んできたわ
飲んでよ叔父様
ああ飲むよ　置いといて
忙しいんだ
あたし眠いわ　飲んでよね……8

そうしてタンタンミンが一心に口笛を吹いていると、突然カラーが息せき切って飛び込んできた。

「あら、カラーさんじゃない。ようこそ、いらっしゃい」

「嬢様、先生はどこに行かれたかね」

タンタンミンは下唇を突き出し、頭が沈み込むほど両肩を上げた。「カラーさんの先生のことを、あたしが知るわけありませんわよ。あたしが聞いても、行き先を教えてくれないんだから。おわかり？　上着なんか着ちゃって出ていったの。それからね、でっかい荷物を抱えてね……」と、身振り手振りをまじえて説明した。

「荷物の中身は、果物やお菓子だと思うわ。あたしがお供させてと言っても、だめだって。カラーさん、おわかり？」

カラーは当惑してしまった。

「どれくらい前かね」

「つい今しがたよ、カラーさんの目に入らなかったのが驚きよ」

「どこへ行かれたか、嬢様ご存じないかね」

「知りませんよ、知らないわ。あなたの先生は教えてくれなかったもの」

カラーは混乱し、その顔はナツメの葉っぱのようにしぼんでしまった。それからあばら骨を叩き、「わかった！」と叫んだ。たちまち踵《きびす》を返して出ていこうとするので、タンタンミンは、「待ってちょうだい、カラーさん」と呼び止めた。

カラーは、今にも泣き出しそうな情けない表情で振り向いた。

「あの、海岸の、きれいな貝殻は、もういただけないのかしら？」

「差し上げます、差し上げます」と言って、カラーはそそくさと出ていく。戸口で振り返り、

「あっしが持ってきます。また今度ね」と言いながら姿を消してしまった。

タンタンミンは、もう何がなんだかわからない。ティンウーがあたふたと出かけていった。カラーがあたふたと追っていった。いったい何が起こっているのであろう。

カラーは、はるか向こうでティンウーが人力車《ランチャー》に乗ろうとするのを見て、「先生！　先生！」と叫んで、駆けていった。

ティンウーの近くにやってきたカラーは、肩で息をしていた。

「先生……どちらへ？」

ティンウーはうれしそうに彼を見た。

「一緒に行こう、ランチャーに乗れよ」と言いながら、ランチャーに乗り込んだ。カラーはそれ以上もう何か話すいとまもなく、ランチャーに乗った。ランチャーも重々しく動き出す。

「先生、どこへ行かれるおつもりで」

「君は病院に行ったかね」

「今、病院から先生のところへうかがったんで」

「ターが呼びにやらせたのかね？　そうなんだ、俺もちょっと遅くなってしまった。今彼女はどうしているね？」

「傷はふさがったそうで。もうすぐ退院できるんだそうで」

「うん、うん、よかった。食事は食べられるのかい」

「よく食べておられるそうで」

「太ったかな」

「元どおりで、ふっくらして、色艶もよくなられました、先生」

そのようにティンウーは、ターメーについて質問攻めにしてくる。カラーは話が切り出せない。

ランチャーはひたすら病院めざして走っている。カラーが首をすくめて、「先生、困ったことで」と呻くように言ったので、ティンウーは驚きと可笑《おか》しさをない交ぜにした様子を見せた。

「なあ、君は何を困ってるんだ。……おい、ランチャー、急げ《ジャラティー》、急げ《ジャラティー》！　ターは何が食べられるかな」

カラーの答えを待たず、彼は包みに手を突っ込んだ。

「ほらごらんよ、ターにと思って買ってきた。林檎に、梨に、チョコレートもビスケットも」

「先生、困ったことで」

「おい、君は何を困ってるんだい。俺が早く見舞いに行かなかったのを、ターが何か言ったのかい？」

「いえ先生、それは何も」

曲がり角に差しかかった。

「おい、ランチャー！　右に曲がれ」とティンウーが言うと、カラーは進退きわまった。

「ランチャー、まっすぐ行け！　このまままっすぐだ」

インド人車夫は、振り返って呆気にとられている。ティンウーは何がなんだかわからない。

「おい、カラー君よ、右に曲がったら病院に着くんだぞ」

「違うんで、先生。おいら説明します。ランチャー、このまままっすぐだ！」

ランチャーはもはや直進している。ティンウーは胸の動悸が激しくなった。何か大変なことが起こっている。それが良いことであるはずがない。

「おい、何があった?」

「先生、困ったことで。先生とターメー先生の間までが、これほどひどくなってるようじゃ、俺たちはどうすりゃいいんで?」

ティンウーは知りたくてたまらなくなって、まともに息もつけないほどである。

「どういうことになったんだ。話してみろ」

「ねえ先生、こんなこと、お話ししたくもありませんがね。ターメー先生の党が、当分先生との交際をやめろって。病院でも面会できないってことです。ターメー先生から、このことを伝えに行ってくれって言われて、おいら、先生のところへやってきたんで」

ティンウーは大きく嘆息をつき、「うーん、そういうことか」と一言呻くように言った。ランチャーは重々しく走り続けている。カラーは暗い顔をしてふさぎ込んでいる。ティンウーの顔が赤くなってきた。その目から怒りの炎がめらめらと放たれている。その唇までが震えてきたかのようである。

彼はターメーに対して腹を立てていたのではない。この決定を下した党と、決定に至るように追い込んださまざまな状況や出来事に対して腹を立てたのである。共産党員に対する不快感、彼らの思想への盲従ぶり、現在の分裂の事態への不快感、希望の喪失、そういったものすべてが、彼の体内の大小の神経の隅々にまで侵入して嵐を呼んでいた。

ランチャーがどしんとがたついたため、ティンウーの頭は酔っ払いのようにふらついてしまった。手の中の果物の大きな袋も揺れ動いている。ティンウーは果物や菓子を見て、「なあ、お前らを俺はどうすりゃいい？」と、押し殺した声でつぶやいた。

カラーは名案を思いついたとばかり、「それは、おいらがターメー先生に届けてきます」と言ったが、ティンウーは硬い声でぶっきらぼうに叫んだ。

「いや、かまわん。届けなくていい。おい、ランチャー、止めろ」

ランチャーが止まると、ティンウーとカラーは降りて川のほとりに立った。ティンウーは果物を見て、「お前らを、俺はどうすりゃいい？」と、再び押し殺した声でつぶやいた。それから、果物の包みを水中に投げ捨てた。カラーは悄然とそれを見つめて、小さくなっている。梨や林檎たちは、一つ一つ水面に顔をのぞかせてから、ちょうど満潮時だったので、上流へと流れていった。

ティンウーは苦笑した。怒りにまかせてひと仕事終えると、ふと心の中が軽くなったような気がした。

「じゃあな、カラー君、俺は帰るよ。しょせん、こういうものなのさ。気に病むな」と、むしろ彼のほうがカラーをなだめた。それからランチャーに乗り込んだ。

カラーはティンウーを見上げた。カラーの目には涙がにじんでいた。考え込むようにしながら、彼は声をあげた。

「先生とターメー先生の間までが、こんなにひどくなってるようじゃ、俺たちはどうすりゃいいんで?」

ティンウーはカラーを見て、胸が一杯になってしまった。カラーの憔悴した様子と彼が吐いた言葉は、ティンウーの怒りの塊を射抜く矢であった。

「おい、ランチャー、やってくれ。まっすぐ行ってくれ……」と叫んだが、ティンウーの声は詰まってしまった。しゃがれた声であった。

カラーは呆然とその場に残った。

ランチャーは役所の方へ進んでいった。それから、役所に着く前に西のほうに曲がった。大きな太陽が赤い顔で森羅万象を見つめている。稲たちは、夕刻のそよ風に波のようにうねっている。稲穂は黄緑色に輝いていた。その日の午後遅くに開けられた水田の水抜きから、水がさらさら流れていた。辛抱強いインドアカサギが、水抜きの傍で魚を求め、落ち着いて待っている。

実のところ、怒りはティンウーの心を欺いているに過ぎなかった。彼の心はひたすら恋慕に支配されていた。夕刻、そよ風が黄金に濡れた稲穂を煽るように、のどかな森羅万象が彼の恋慕の情を煽っていた。

東亜青年連盟時代にターメーと出会ったこと、募金集めの劇の上演活動で愛が始まったことから、最後は武器を隠した夜、滑らかできめ細かい頬に愛の刻印をしるしたことまで、その意識は過去のドラマの一部始終をなぞり、その愛の味わいや香りのことごとくが一瞬たりとも忘れられないほどになっていた。

4

タメイントー村の入り口からカニ村やクンダイン村へ向かう狭い水路を、一艘の海軍の小型軍艦が岸に当たらないように注意深く走行していた。小型軍艦には、一二〇名余の黒猫《ブラックキャット》インド人部隊[9]兵士、イギリス人中尉、ビルマ人刑事、三名の武装した人民義勇軍兵士が乗船している。武装した人民義勇軍兵士三名の一人はバラ、喫茶店バラ店主ニェインの夫のバラである。

タメイントー村の入り口から水路に入るや、小型軍艦のエンジン音はカニ村からも聞こえた。水路脇の水田で作業していた農民たちは、岸辺に寄ってきてそれを見た。水牛たちも水際の潅木の間からのっそりとそれを見つめた。

小型軍艦の舳先の右手で、イギリス人中尉と刑事とバラが話していた。カニ村の入り口に着くと、バラが刑事に「この村が共産党村です。とても共産党員が多いです」と説明する。

「君は彼らのところに武器がどれくらいあるか、知っているかね」

「たいしてありません。奴らは大声で騒ぎ立てるだけです。先日も演説中に投石されたんですから」

バラはそう話して、ふとターメーのことを思った。彼女が共産党に付和雷同して活動してさえいなかったら、実に崇高な存在だろうにと、彼は内心密かに彼女を称えていた。

刑事が中尉に伝える。

「Some arrests and some searches, not much trouble（逮捕と捜査すべきことが少々あります。大して危険はありません）」

「O.K. go ahead, I stay here（よろしい、君がやってきたまえ。自分はここに残る）」

小型軍艦の艫《とも》には一人の人民義勇軍兵士と三人のインド兵が立ち、岸のほうを見ていた。三頭の豚が、膨らんだ鼻をごみの山に突っ込んで餌をあさっている。

「ほら、ほら、あそこ」と、人民義勇軍兵士がそれを指す。

一人の黒猫兵が一頭の豚を銃で狙って撃つと、残る二頭が逃げた。バーンと銃声がすると、鶏も鳥も犬も人間もみんな肝を冷やした。人民義勇軍兵士が黒猫兵に豚の死体を指差し、身振り手振りで、「食べますか?」とたずねた。黒猫兵は人民義勇軍兵士に向かって指を差し、自分たちは食べない、人民義勇軍で食べるがよいと告げる。

岸に着くと一二名の黒猫兵と刑事とバラと二名の人民義勇軍兵士が下船した。中尉とほかの兵士たちは小型軍艦に残った。

タロウは兵士が降りたのを見るや農民同盟事務所に走り、折よくターガウンと会えた。

「軍隊が来てます」

「さきほど撃ったのは、何を撃ったんだ?」

「豚を一頭撃ったんで」

「村に上がりやがったかね」

タロウは頷いてみせて、肩で息をしている。

ターガウンは舟着場のほうを眺めながら言った。

「家に帰って落ち着いてろ。何食わぬ顔でな、恐れるんじゃねえ」

タロウは出ていった。ターガウンは事務所前の派生小屋で廊下を行きつ戻りつしていた。刑事とバラと五名の兵士が入ってきた。ターガウンは廊下を歩くのをやめ、落ち着いた声を発した。

「何の用かね」

刑事が両手を腰に当て、いささか硬い調子でたずねる。

「お前は農民同盟議長のターガウンに違いないか」

「ああ、そうだ。ほう、バラ君まで一緒じゃないか。うむ、こりゃ渡りに船かね」

バラはばつが悪くなった。このような場に居合わせるのは気が引ける。刑事が言った。

「お前の逮捕状を持参した」

「何の罪状で逮捕するのかね」

「米の強奪だ」

ターガウンは苦笑した。

「ハハハ……警官がストライキしている最中に民衆が米を接収して、それを指導したことを言ってるのかね」

警官のストライキをこのように思い起こさせられては、刑事も面目を失ってしまった。

「我々も令状が出たからやらねばならないんです。武器も捜索せねばなりません」

刑事は兵士たちに、同盟事務所に上がって武器を捜索するよう命じた。ターガウンはバラを振り返った。

「では、同志は何をするために同行してきたのかね」

バラはすっかり面目を失ってしまった。まともにターガウンと顔を合わせるのも辛くて、なんとなくあらぬ方向に目をそらせた。

「将軍様が、政府の対応すべき課題や、任務を遂行している警察や軍に協力せよという命令を出されていて、彼らのほうから協力の要請もあったので、同行したんだ」

ターガウンは顎を上げて、首を手でさすり、「うむ、そりゃ結構なこった。ああ、将軍様、将軍様か」と呻き、刑事のほうを向いて、「うむ、やってもらおうか」と言った。

刑事は、まだ呆気にとられている。ターガウンは両手を揃えて出した。

「このうえまだ手錠を掛けたいかね」

「いや、やめておきます。無論このままご同行願います。我々は命令によって……」

ターガウンはバラに再び向き直った。

「同志たちは、植民地主義者の手先に成り下がってしまっておる！」

同盟事務所で何も発見されなかったので兵士は撤収し、ターガウンだけが連行されていった。

黒猫兵のある者は鶏を追いかけて捕まえ、ある者は小屋から卵を抜き取る。ある者は家に押し入り、武器を探す振りをして、金銭や金《きん》など見つければ手当たり次第に取り上げ、日本軍さながらの狼藉を働いた。

カラーとタロウは自宅前に座り、心配そうにびくびくとあちこちに目を走らせていた。妹のピューは、彼らの粗末な小屋の戸口に小さくなって座り、兄たち同様びくびくとあちこち見ている。

突如三人の黒猫兵が彼らのほうへ向かってきたので、カラーは背筋にぞくっと戦慄が走ったが、恐れない振りを装った。音を立てず口笛を吹く身振りまでした。タロウのほうは動揺しなかった。

憎しみを露《あら》わにしていた。哀れなピューはいたたまれないほどおののいていた。

「アクニン、イルカ。セキグン、イルカ」

黒猫の一人がたずねると、カラーが答えた。

「悪人はいねえ。赤軍はいる」

「ドコダ、セキグンハ」

カラーはタロウのことを誇りたいとばかりに、タロウを指した。

「これが赤軍さ」

「来い《アウン》！」と黒猫兵が言って、タロウを引っ立てようとした。タロウが抵抗してもがくと、一人が銃を突きつけ、無理やり連行していった。

二人の黒猫兵はピューが目に入るとにんまり笑った。物欲しげな目付きでピューを凝視してから、互いにインド語で一言二言話した。次の瞬間、欲望に狂った二匹の黒猫はすばやくピューに接近して行く。恐怖のあまりピューが家の中に駆け込むと、二人は家に押し入って捕らえた。ピューが、「兄さん、助けて！　助けて！」と叫ぶ。カラーが後を追うと、黒猫たちは内側から戸を閉めてしまった。

カラーは不快感を露わにした表情で怒鳴った。

「おい！　あんたら、それはおいらの妹ですぜ」

カラーは無理やり戸を押した。開かないとなると、体ごとぶつかった。「おい！　あんたら、それはおいらの妹だ！」と何度も叫んだ。しかしこの畜生どもは、誰の妹だろうが手加減するはずもない。しかも彼らにとってカラーが何者だというのか。

カラーが戸を無理やり押し開けようとすると、ピューのもがく音、叩く音、騒ぎ立てる声、もつれ合う音が聞こえている。カラーが全身を力いっぱい戸にぶつけると、戸の横の竹壁の隙間から銃口があらわれ、彼を威嚇した。カラーは万策尽きてしまった。今度はピューの泣き叫ぶ声がした。戸の近くで見張りをしている黒猫がピューたちを見てくっくっと笑っている声もカラーは聞いた。

カラーの胸に炎が燃えていた。妹のもがく音や泣き声も鎮まらない。カラーは、わずかな竹壁の隙間の一つからのぞいてみた。たちどころに彼は竹壁を離れ、ガタガタ震えた。あらゆる人間に微笑むのが常だったその唇は、怒りにうち震えていた。平素小兎のような立ち居振る舞いだったカラーが豹変していく。

この世間で、ありとあらゆる搾取と、ありとあらゆる抑圧と、ありとあらゆる屈辱に甘んじてきたカラーが、その瞬間、崇高なる復讐を決意した。決意すると、やるせない微笑をもらした。それから、家の横手にある藁《わら》山から藁を抱え持ってきて、窓の下あたりに寄せて積み上げた。そして、袋の中からマッチを取り出して、火をつけた。家の前の藁山も、できるだけ家にくっつくよう押しつけ、火をつけた。藁山から火が移って、家がめらめら燃え上がると、中から黒猫兵の叫び声が聞こえてきた。カラーは黒猫たちの叫び声を聞くと、すっかりうれしくなって狂ったように奇声を上げ、笑いころげた。

一人の黒猫が戸を押し開けて出てくると、全身火だるまであった。狂犬のように走り回って、ややあると彼の手榴弾が爆発した。黒猫兵は木っ端微塵となった。

カラーはその黒猫を見て大声を上げ、思い切り笑っている。

火がめらめら燃えている家の中でも、爆発音が起こった。

カラーが家の中に目をやると、もう一人の黒猫が全身火だるまになって、戸口で崩れ落ちていくのが見えた。

カラーは、狂ったように奇声をあげて再び笑った。笑いながら飛び跳ねていた。遠くのほうから一人の黒猫が駆けてきてカラーを銃で撃ち、笑い声も止まらぬうちにカラーはぐんにゃり崩れ落ちていった。彼の胸はいっそう反りかえり、その腰もいっそう曲がっていくかのようであった。

一方、ピューは羞恥と恐怖で動転のあまり、出口を見誤って炎に呑まれたのであった。

5

時刻は夕刻四時頃になっていた。

雨雲の晴れた空は、平らに延ばした薄青い宝石の薄片で造ったアーチにも似ていた。輝く太陽光線が水路の片方の岸に注がれ、その対岸は、木々の影に覆われていた。

カラーの友人のチッミャが小舟を漕いでいる。タロウはカラーを抱きかかえ、心配そうに兄の顔を見つめている。カラーの足元にチェッチーがしゃがみ込み、ひたすらカラーの表情をうかがっている。

カラーは意識を失っていた。その顔からは血の気も失せていた。右胸の上の、弾が命中した傷跡から血が流れ出ていた。

タロウが刑事とバラのもとへ連行されていったとき、バラが「この男は大丈夫です、逮捕せんでください」と、とりなしてくれて釈放された。その釈放は、兄の死に際にその最期を看取らせようとする帝釈天のご加護にも等しかった。

チェッチーは農民同盟員であり、チッミャは人民義勇軍兵士であった。二人とも農業労働者である。チッミャはカラーの幼馴染であったうえ、所属組織が仲を裂くことのできない、同じ境遇と同じ利害を共有する間柄であった。

全員が無言である。ピャーポン病院に早く着こうとひたすら気が急いている。断固としてカラーの命を救おうとしている。森羅万象の静寂を、オールを繋ぎ止めるループ紐のぎしぎしと鳴る音だけが破っていた。

ある場所に差しかかると、ホテイアオイが分厚くて小舟は進退きわまった。カラーの息は荒くなり、身もだえしたかに見えた。タロウは兄の顔をじっと見つめた。

「気が付いたようだぜ」

チェッチーが身を乗りだしてカラーを見た。それから、チッミャに声をかけた。

「早く漕げ、早く」

チッミャは力の限り漕ぐ。しかし、悪霊たちが妨げているかのように、ボートは身じろぎしたくらいにしか動かない。チェッチーがカラーの顔に水をかけてやる。カラーが口を動かしたので、タロウが水滴を落としてやった。口がさらに動き、目がおずおずと見開かれた。その視線は、弟タロウの顔のあたりへさまよっていく。カラーがささやくように言葉を発したので、チェッチーがチッミャにオールを下ろせと手振りで示した。

タロウと、チッミャと、チェッチーの三人は固唾を呑んだ。

タロウがカラーの上にかがみ込んで、耳をそばだてた。

「……タロウ、ピューはどうした……」

チェッチーがタロウに何も言うなと手振りで示した。タロウは胸が一杯になってきた。涙をこらえるのに精一杯である。

「なあ、あんな具合に、みんなに、むごいことをやってる奴らの手から、鉄砲が俺たちのところへやってくる、新しい社会……」そこまで言うと、カラーは疲れてしまった。目を閉じて口だけを動かしている。それから、「おい、タロウ……ターメー先生たちお二人までが、これほど仲を裂かれているようじゃあ、俺たちはもうやってられねえよ。まずいこった……」

タロウはもう涙をこらえられなかった。チッミャとチェッチーも、胸が一杯になり涙ぐんだ。

カラーは口をつぐんで、考えているようである。しばらくしてゆっくりまばたきしてから、やり切れなさそうに微笑んだ。微笑んだとは言え、かすかに微笑みの影がよぎっただけであった。手が辛うじて持ち上げられた。人差し指が辛うじて口に入れられた。それを引っ張り出そうと努めたが、叶わなかった。もはや「ポン」という音は出てこなかった。息が出ただけだった。

カラーは自分の人生の問題の数々を解決する答えを、もはやあばら骨を叩いて求めることができなかった。農民たちの土地のない人生、借金奴隷の人生、衣食に事欠く人生、腰が曲がるほどあがかねばならない人生。そのような人生の問題を解決する答えを見つける前に、カラーはピューと共に立ち去った。

兄カラーと妹ピューから、複雑な問題や苦しみに満ちた人間界の只中に置き去りにされたタロウは、問題解決の答えを見出すであろうか。友であった人民義勇軍のチッミャは答えを見出すであろうか。農業労働者のチェッチーは答えを見出すであろうか。

彼らが答えを見出すか否かはともかくとして、カラーの野辺送りの前に退院してきたターメーは、カラーが死ぬ前に最後に語った「ターメー先生たちお二人までが、これほど仲を裂かれているようじゃあ、俺たちはもうやってられねえ、まずいこった」という言葉が伝えられると、こらえきれずにはらはら涙を落とした。「チッミャさんも、ティンウーさんも、あたしも、絶対に一緒に行動しないわけにはいかないわ」と、かすれた声で人民義勇軍のチッミャに答えるや、さめざめと泣いたのであった。

6

　当時ビルマ国内の各地と同様に、ピャーポン一帯ではダコイトが活発に動いていた[10]。タマンヂー村のテインペーが改心してダコイト稼業から足を洗った後、月光のタンマウンことウェーヂー村のタンマウンが、ダコイトとして名を馳せてきた。

　彼の一味は汽船を襲い、セッサン村の警察署を占拠し、ピャーポンの町にまで侵入していた。ウェーヂー村を拠点として、我が物顔で君臨していた。強奪した財宝を所有し、妻も三人四人と意のままに娶り、仏教行事で大々的に寄進を施し、話の種に事欠かなかった。

　月光のタンマウンのような大物ダコイトたちは、都市部で賄賂を使って警官を配下に置いていた。村々でもさまざまな方法で子分を育て、その一つのやり方は、自分たちが月に一、二度見せしめに襲撃して、それ以外の日々は、村で子飼いにしている子分たちに武器を貸し与える方法であった。

　しかし、大物ダコイトに連なる配下の小物たちは、三人四人と群れを作って村々を襲い、ささいな物でも入念にあさった。「田のダコイト」と呼ばれて水田の田小屋を襲う者たちも、彼らにほかならなかった。水牛を連れ去り、アヒルを連れ去り、蚊帳を運び、小屋から卵を抜き取り、二グラムばかりの子供の耳輪を引っぱがし、手当たり次第に強奪した。時に、強奪中に気に入った女たちが目に入ると、強姦もした。

農民であれば農繁期は水田に下り、小屋掛けして暮らさねばなるまい。しかるに、田のダコイトの襲撃のおかげで、彼らは困り果てた。村から遠い水田などでは、たとえ金の実がなると言われても働きたくない。

ダコイトの狼藉で、村は廃墟と化した。カニ村北方の小村アパウン村は、かくして廃墟となった。チョンコー川沿いの一〇村が廃墟となった。海岸沿いのセイマ村や、アマー村や、ヨウコン村一帯では、一七村が廃墟となった。それらの村の住人は、マゲーヂー村やチェッパムエサウン村のように大きな村へ移ったり、ピャーポンに上ったり、さらにはラングーンに上ったりしたが、落ちぶれて定職もなく、ない知恵を絞って食べていかねばならなかった。中にはどこへも移住できず、小さなサンパン一艘に全所帯道具を積み込み、川を上ったり下ったりして暮らす者もいた。

そんな折しも、革命の潮が上昇していたときには埋没していた民族分離主義者たちも、潮が引けば忽然と姿をあらわした。農民同盟や農民協会の農民政策におおいに不満だったカレン族地主たちが、カレン民族主義者として登場し、カレン族農民を持ち上げた。ビルマ族に対する憎悪を煽った。彼ら自身でダコイトを子飼いにし、ダコイト集団にビルマ族とカレン族を混在させた。ビルマ族の村を襲うときはカレン族を使った。カレン族の村を襲うときはビルマ族を使うなどして、民族分離思想を振りまいた。

ダコイトは人々の倫理観をも破壊していた。有名なダコイトともなれば、人々の間で吐き気を催すような忌み嫌われる存在ではなく、賞め称えられ、話題にのぼる存在のようになっていった。ダコイト稼業は大きな不品行だと考えられず、それはあたかも日常茶飯事のひとつのようになっていった。実直に労働することは人間社会の礎石である。ダコイトを多くの人々が批判せず、排除しないことは、人間社会の礎石を揺るがす事態であった。ダコイトの跋扈《ばっこ》は民衆にとって最大の脅威であった。

カニ村はまだ一度もダコイトに襲撃されていない。しかし、村の北のアパウン村はダコイトの襲撃で廃墟と化した。その村に住んでいたターガウンの弟サウンの妻ラティンは、ダコイトに強姦されていた。カニ村周辺にある田小屋もしばしばダコイトに襲われた。

ターメーとタロウは村落防衛の組織活動に乗り出した。この組織活動をするには、何としても人民義勇軍と赤軍を団結させねばならなかった。タロウは友人でもある人民義勇軍兵士チッミャと話し合って、赤軍と人民義勇軍が協力して警備する手配をした。人民義勇軍には所持を許可された銃が三丁あり、地主には二丁あった。

「お前ら人民義勇軍のほかの隊員たちが、俺たちを信用できないなら、俺たちは銃を持たねえ。お前らの銃をお前らが持て。俺たちは竹槍を持って警備する」とタロウが言えば、「そうだな。最初はそうすることにしようとも。いずれほかの隊員たちも信用するだろうよ」とチッミャが言った。

その後、人民義勇軍兵士から信用され、赤軍は人民義勇軍の銃を持つまでになっていった。イギリス軍が戻ってきた当初、万一に備えて隠匿してあったわずかな武器は、人民義勇軍のもとにも、ターガウンたちのもとにもあって、ことのほか役立った。いくつかの田小屋でも銃を一丁ずつこっそり持たせ、いったん事あれば応戦する準備がなされた。

ある夜、カレン族のアニュン村がダコイトに襲われた。タロウたちの赤軍からも、人民義勇軍からも、田小屋からも、人々が集結してアニュン村に駆けつけ、ダコイトを追い出した。カレン族とビルマ族の団結が実践されただけでなく、ダコイトたちは結束の強いカニ村に近づく気力をなくした。

このようにして、団結が不可欠であることが、まさに日常生活体験で証明されたのである。

7

そのときタンタンミンは十九歳になったばかりであった。政治活動歴は一年余にすぎない。そのように若かったことに加え、アウンサン将軍への崇拝から政治の世界に人より一足遅れて参入したこともあり、パサパラと共産党の分裂にタンタンミンは何の後ろ髪も引かれず、共産党との闘争に意気揚々と断固たる態度で加わった。彼女にとっては将軍様とパサパラだけが万事正しく、共産党は万事間違っていた。もっともカラーとピューの死に際しては、つい取り乱してしまった。頭脳明晰で察しのよい娘でもあり、父親のミンの変貌は気に留めていた。ミンは以前は娘に甘かったがゆえに、娘のパサパラへの接近を許していた。いまや露骨にパサパラを支持した。娘が反共的発言をすれば、彼も一緒になってそれを補った。以前はパサパラを激励もせず、寄付もしなかった。だが、いまや寄付をした。そのような行為を人前で示すことを誇りにした。将軍様を称える様子も涙ぐましいほどであった。そんな父の変貌を見ても、変貌のわけをタンタンミンは考えてもみなかった。

ある日のこと、タンタンミンがピアノを弾いていると、父親に無理やり呼びつけられ、人民義勇軍女性部隊[11]を結成しないかとたずねられた。

「何のためよ」

「わしが支援したいからだとも。いま人民義勇軍の支援もしているんだ。人民義勇軍に女性部隊を作れば、わしが制服代金を寄付してやる」

タンタンミンは、からかうように父親を見つめた。

「何のために寄付したいのよ。ダディーは以前と違ってる。パサパラや人民義勇軍だと、すごく寄付したがってる。ダディーは普通じゃないと思う」

「またまた……。やたらと口が過ぎるじゃないか。まともにたずねておるのに、まともに答えんのだから」

「じゃあ、ティンウー兄様たちに相談してみる」

「おい、お前、奴らに相談しちゃいかん。奴らは将軍様に対抗して徒党を組んでおる」

「お父様ったら、なんだか複雑」と言って、タンタンミンはピアノのほうへ戻っていった。

かつて娘が日本占領期のアウンサンの写真を飾るのを嫌がったミンは、いまや自らそれよりずっと立派で大きい写真を求めて飾っていた。

さらに奇妙なことは、それを求める際、パサパラ議長ラマウンに協力を求めていたことである。

パサパラ議長ラマウンとはほかでもない、「人民慈愛号」所有者のラマウンである。パサパラと共産党が分裂する以前のこと、社会党と共産党と人民義勇軍がもめないよう、中立的人物のラマウンが議長に担ぎ上げられたのである。
すでにイラワジ船舶会社が汽船を走らせており、ラマウンは事業にかなりの損失を出して、「人民慈愛号」を抵当に入れる羽目に陥っていた。もう一艘の「人民誠意号」を担保にして金を借りようとミンに接近すると、ミンは担保を取らず必要な資金を無利子で貸し付けた。タンタンミンは、父のこの行為に驚きを禁じえなかった。担保がない者に金を貸したことのなかった父が、この期に及んで別人のように変貌したのである。

ある朝、タンタンミンは起床して水浴し、着替えてから下へ下りていった。八時にビルマ国独立女性協会の会議の予定があった。議題は、アウンサン将軍がイギリスで独立交渉をする動き[12]に呼応してビルマ国内で大衆行動を展開することや、その準備について話し合うことである。父に挨拶しようと客間に入ると、ラマウンの姿も見られた。ミンはラマウンに、自分が米プロジェクトの買い付け人に任じられたことを説明していた。

タンタンミンが入っていくと、二人は話をやめた。

「お前にひとつ知らせておかねばな。こちらのラマウンさんが教えてくれた情報だ」

「なあに？　ダディー、どういった情報なの」

「今朝未明に、警官隊がティンウー君を逮捕したそうだ」

タンタンミンは、我と我が耳が信じられないかのようになってしまった。

「なんて言ったの？　ダディー、ティンウー兄様が逮捕された……そうなの？」

「そうです。逮捕されたんですよ」と、ラマウンが応じた。

「まあ、どういうことよ」と呻いて、タンタンミンは椅子の端に横座りし、うなだれた。驚きと悲しみに沈み、しばらく呆然としていた。

「どうして逮捕されたんですって？　おじ様」

ラマウンは力なく答えた。

「はっきりしたことはわからない。武器隠匿か、何からしいね」

「どうして逮捕することがありますのよ。内務大臣[13]だって、あたしたちの社会党員だっていうのに……」

ミンが満足感を辛うじて押し殺して言う。

「ああ、ダコイト罪に違いないぞ。あの若いのはダコイトとつるんでおるんだ」

呆然としていたタンタンミンがふいに活気を取り戻し、父親を睨みつけた。

「ダディーったら、嘘ばっかり言ってるわ」

「嘘じゃないぞ。ダコイト罪で捕まったんだとも。それでなくて、警官が逮捕なぞできるものか」

タンタンミンは、ティンウーを小馬鹿にしたような口をきく父親に、反撃の矢を放ちたかった。

しかし、どうしてかわからなかったが、言葉を飲み込み、沈痛な表情でひたすら考え込んでいた。

ミンは、将軍様の渡英中に国内で騒動が起きるのは望ましくないとか、社会党と人民義勇軍が騒動を起こす準備をしているらしいなどと、ラマウン相手に次々まくし立てている。

タンタンミンは、父親のやたらと饒舌な話が耳に入ってこないどころか、鬱陶《うっとう》しささえ感じた。タンタンミンは、自分も、ティンウーも、誰かほかの社会党員も、誰かパサパラ内のほかのメンバーも、逮捕されるなどとは一度たりとも想像さえしたことがなかった。タンタンミンは、ビルード敷きの人生の道程で障害に直面したのであった。よりにもよって逮捕されたのが、彼女に最も近い、彼女が最も評価する、彼女が最も信頼するティンウーである。タンタンミンは、逮捕といえば手錠と鉄格子くらいは理解できた。ティンウーが手錠をかけられ、インド人警官が鎖を引いて連行し、鉄格子に施錠して拘留する様を想像してみた。

タンタンミンは大きくため息をつき、突如立ち上がって出ていった。父親に何も告げず、ラマウンにも挨拶しなかった。道を歩いていると、ティンウーが手錠をかけられ、インド人警官が鎖を引いて連行し、鉄格子に施錠して拘留する様が瞼に浮かぶ。ティンウーがたいそう哀れだった。党事務所に着いても、ティンウーの軍服姿の写真を凝視してから、心にふつふつと憐憫が沸き起こっていた。

8

ピャーポンの町でティンウーは社会党指導者だっただけでなく、良家の出で、自身の交友関係も広かったので、町の上層部とも親交があり、刑務所内で特権を与えられて、優遇されていた。読書し、運動し、刑務所の屋外で囚人の庭仕事を手伝い、ほかの囚人たちと語り合ううちに、時は過ぎるともなく過ぎていった。

刑務所でターガウンと遭遇した。二人は懐旧談にふけった。抗日革命の時期から、パサパラを共産党が出る直前の九月闘争に至るまでの出来事を振り返り、釈然としなかったことや、不満に思ったことをたずね合い、説明し合った。しかし、共産党がパサパラを出た段になると、会話は中断された。その問題を論議すれば、互いに会話が成立しないほど険悪な状態にならないかと懸念された。ときにはティンウーが政治関係の英語書籍を、ターガウンのために訳して聞かせてやった。ある日そのように訳してもらっていたとき、ターガウンは考え込み、顎を上げ、首を手でさすって、「うーん、ティンウー君たち社会党員が読む本と、ミャ君たち共産党員が読む本は同じではねえですか」と言った。ティンウーは、「俺たちも、マルクスや、レーニンや、スターリンは好きですよ」と答えた。

ある日の昼下がり、看守がティンウーのところへ来て、面会人だと告げた。誰が来たのかとティンウーが問うと、若い娘が一人で来ていると言われ、思わずターメーの顔を思い浮かべた。いや、それはないだろう。入院中さえ面会が叶わなかったのに、今さら来るわけがないと、たくましくした想像を打ち消した。獄舎口《ブーワ》へやってくるとタンタンミンの姿を目にして、驚きよりうれしさが先に立った。二人は、刑務所長の机の傍の椅子に座った。所長は席を外してくれた。

「お兄様、ちょっと痩せてしまわれたわ。そうでしょ」

ティンウーは微笑を浮かべ、短髪を左手で意味もなく撫でた。

「そりゃ気のせいさ。痩せちゃいない。よく食べるし、よく眠れる」

「だけど、気が晴れるわけなんてありませんよね」

ティンウーは様子をうかがうようにタンタンミンを凝視した。タンタンミンはいつものようにのびのび足を組んで座っていない。膝をそろえ、小さくなって座っている。顔もうつむき加減である。

「明るい気持ちになるよう努めているさ。……タン君、ねえ、婆婆の政治情報を聞かせてくれないか」

「共産党の風向きがまた変わりましたわ。パサパラと共産党が団結しなきゃですって。あたしたちは将軍様のおっしゃることしか信じませんわ。背後に回ってパサパラに刀を突き立てようとして、その下心を隠蔽する意味で彼らはもっぱら団結発言をしているのだそうですわ」

「ねえ、タン君、そんなふうに物事を悪いほうに取らないことだよ」

「あたしの言うことがどれくらい正しいかってことは、ピンマナーで何が起こっているかってことが証明していますわ。社会党と共産党と人民義勇軍とで殺し合ってますわ。お兄様たちの上官だったバセイン中尉の部隊があちらに行って、調停をしていますわ」

「お互いに見解が分かれ、誤解が起こってしまったんだと思うよ、タン君。共産党は団結を呼びかけられたら、応じずとも注意深く耳だけは傾けているはずだ」

「お兄様は共産党員に思い入れがおありだから、そんなふうに好意的にお考えになるのよ」

「いや、タン君、その言い方はないよ。僕は政治的な見地から話しているんだ。思い入れなどまったく取り払ってね」

そう話すうちに、二人とも興奮して、声も高くなってきた。

「思い入れを取り払ったなんて、誰も信じないわ。中でも、あたしは一番信じない。おわかり？ターメーさんと彼女の党が、お兄様とお付き合いしちゃいけないって決めたからこそ、何とか事が収まったのですわ。お兄様がきっぱりした態度をお取りでないってことは、あたしが重々承知よ」

ティンウーはやり切れなくなってくる。

「タン君、俺はきっぱりしている」

「お兄様が逮捕されたのは、ダコイトの襲撃に関係したからだって、今、いろんな人たちが陰口をきいていますわ。共産党員の中にもそう言ってる人たちがいますわ。ターメーさんだってそれを信じてるって言いますわ、おわかり？」

ティンウーは胸が騒ぎ、顔が赤らんでくる。しかし何も言えない。ただうなだれるばかりである。タンタンミンはさらに続けた。

「だからターメーさんは、お兄様がこうして投獄されていても、面会に来ないでいるんですとも」

ターメーに関する彼女の指摘は的外れかもしれなかったが、ティンウーはターメーを弁護せずにはいられなかった。つまるところ、ターメーを弁護することで、自分自身をも弁護したのである。

「タン君それはね、彼女の党が、俺と会うな、連絡も取るなと決定を下したから、やはり彼女は決定を尊重しなきゃならないんだよ」

「まあ、愛と決定とどちらが大切なの？　女だったら、愛すれば何もかも捨てる勇気がなけりゃ。何でもやる勇気がなけりゃなりませんわ。ターメーさんには党を捨てる勇気が必要よ。それでこそお兄様を本当に愛していることになるのよ」とタンタンミンはずばずば言った。

タンタンミンがこのように言うのは、ティンウーとターメーの愛の絆に火をつけて燃やしてしまいたいからではない。そのような意図はなかった。自分が理解したままを話したまでであった。

タンタンミンは、コンベント・スクール時代から現在に至るまで、愛は盲目といった概念が繰り広げられる夢のような文学の世界の中で成長してきた。政治活動歴は浅く、思想や政党へのこだわりもまだ強くはない。人生経験もまだ豊富ではない。しかし、ティンウーはタンタンミンの言葉に反論できなかった。「痛いところをついてくる」と思えた。後ろめたい気分になっていく。

「だけどもね……」と一言発した。

「まあ、だけどもねなんておっしゃらないで。だけどもね、なんておっしゃるから、お兄様はどっちつかずだってあたしは申し上げているんですわ。これから先だってきっぱりした態度はやはりお取りになれないわ」

「いや、取れるよ、取れる」と、ティンウーは乾いた低い声で言った。怒りと悲しみが交互に訪れるために、混乱をきたしている心の奥底から押し出された声で彼は語った。

「きっぱりした態度は取れるさ、完全に切るよ。タン君が伝えに行ってくれ。ティンウーさんはターメーさんと一生絶交することにしたって言いに行ってくれ。さあ、これで何もかも解決だ」

タンタンミンは仰天してしまった。こんな顔のティンウーは一度も見たことがない。心の中で燃えさかる苦悶が、ティンウーの顔にあらわれている。タンタンミンは、「言い過ぎた！」とたちどころに後悔した。

「あたし、つい言いたい放題言ってしまって……。間違ってましたわ。ごめんなさい」

ティンウーは立ち上がりながら、落ち着いた穏やかな声で言った。

「君が謝ることはない。この問題を解決することは、僕の使命だった。今、この使命を君に委ねたんだから、きっと伝えに行ってくれよな。それで、すべてがすっきりする。タン君にとっても、もう疑わしい点はなくなる」

ティンウーが向きを変えて出ていこうとすると、タンタンミンも立ち上がり、互いに見つめ合った。二人とも疲れた様子で、暗い顔をしている。タンタンミンは悲痛な思いを声にした。

「あたし、つい思ったことを口にしてしまって。そのせいでお気の毒なことになるなんて……。お兄様、許してくださいね」

ティンウーは努めて微笑んだ。タンタンミンをなだめすかすように言った。

「いや、タン君たら、どうして気の毒がるんだ？　相手の過ちを指摘することこそ、立派ないい友人の資質だっていうよ。タン君は僕の親友の一人じゃないか。ハハハ。さあさあ、もう帰れよ。今度来るなら、シガレットの箱をたくさん持ってきてくれ。今日君が持ってきてくれた果物は、病人食だからさ。ハハハ。じゃあな、さよなら」

そこでタンタンミンも少し気を取り直した。辛うじてぎこちなく微笑むことができた。

ティンウーは気性が激しい男である。かっとなりやすい男であるが、恨んだり、へそを曲げたりする人間ではない。彼の中で、愛と憎しみ、善業と悪業、正義と不正が対決すれば、愛と善業と正義が常に勝利するのであった。

ゆえに、ターメーに対して、一瞬ちょっとした憎悪が湧き上がることはあれ、ほんの少しの間愛着を断ち切ることはあれ、次の瞬間にはたちまち愛がひたひたと滲み出し、その次の瞬間、彼の心を愛の水流が滔々と流れているのであった。

俺はダコイトの罪で逮捕されたと、一部に言われている。ターメーまでそれを信じているって、そうなのかい、ターメー。よく信じられるものだ。俺の事情をお前は知っていながら、よくも信じられるぜ。女は、愛すれば相手の都合を優先し、さらに熱愛すればすべてを捧げるという。だがいまや、憎み出せばすべて相手の罪ってわけか……。そう考えてターメーを恨めしく思ってみた。少しの間は恨めしかった。次の瞬間、忽然と別の想念が生じる。

ターってやつは、ダコイトという悪業の輩《やから》を実に忌み嫌っているんだなあ。そんなに忌み嫌うだけあって、ターは愛する俺を、ダコイトという悪業に金輪際かかわらせたくないんだ。ああ、実に潔癖なター。ああ、偉大な善女人のター。ああ、俺を深く愛してくれる……。そして俺が深く愛するター。

ターは俺に対して実に断固たる態度がとれた人間だ。この大きな刑務所の中でこの俺は、俺たちが変革しようと献身的に活動してきたこの社会と、大きなレンガ塀で隔てられて、かかわりを絶たれている。俺の愛する民衆とかかわりを絶たれている。このようなときに、俺の恋人ターが俺のもとを訪れ、甘やかな言葉で慰めてくれたら……。いや、今はお出ましにはならないね、ター。君はこのままでいられるね。交際を絶つことがおできになったのだもの。父の命じるままにというやつだ。党の決定に厳格にお従いになった。そう考えるとターメーが忌々しく思える。が、次の瞬間には、忽然とまた別の想念が生じる。

ターっていうやつは非常に規律を尊重するんだ。自分の党に非常に忠誠心があるんだ。並みの人間なら、思想が気に入っても、思想の勝利の実現のために定められた党の規律には耐えたがらない。守らない。ターは立派だ。並みの人間じゃない。ああ、優秀なるター。規律を尊重するター。忠誠心のあるター。ああ、俺を愛してくれるター。俺がとても愛するター……。

そのように次の瞬間、ティンウーの心には愛の水流だけが滔々と流れていた。はたしてタンタンミンは、一生交際を絶つという伝言を本当に伝えに行ったのかと、不安になった。

タンタンミンは辛うじて微笑んで、ティンウーのもとを辞去したが、彼のあの表情は、決して忘れられなかった。言葉でどのように隠し、微笑でどのように勿体をつけても、ティンウーがターメーと別れることをどれだけ惨めに思っているかは、文字で書いたようにその表情にはっきり印されていた。だから頼まれたとおりのことを伝えに行くのは、実に責任が重く感じられた。

ティンウー兄様はかわいそう。ターメーさんはいけ好かない。ターメーさんは……あまりにもひどすぎる。女のほうから男の意には添うものよ。彼女が離党すればいいだけなのに。そうすれば、解決する問題よ。今のティンウー兄様はかわいそう。このまま話しに行っていいものかと、考えてみた。

頼まれたとおり、話しに行くことを選択した場合を考えると、今度は、「女」という彼女の基本的な要素が忽然と首をもたげてくる。あたしが二人の別れ話を持ち出せば、二人を別れさせたいから介入してきたと、ターメーさんに思われないかしら。あたしが二人の愛に嫉妬して話しにきたと思われないかしら。ああ、もしもそう思われて軽蔑されることにでもなったら恥よ。彼女の恋人をあたしが横取りすると思われるなら、自殺したほうがましよ。横取りするなんてとんでもないわよ、ターメーさん。あたしって人は断じて、策をめぐらせ他人《ひと》の恋人を横取りするような類いの人間じゃない。誰かと愛し合っている人間には、絶対介入できません。

そう考えてから、ティンウーにどのような気持ちを抱いているか、我と我が身に確かめてみた。背筋がぞくっとして、つい恥ずかしいような気分に駆られた。ティンウーとは仲がよかった。ティンウーと親密に接することは楽しかった。ティンウーに好もしくない点や否定すべき点など、彼女は何ひとつ見出せなかった。しかしティンウーを愛することはできない。ティンウーはターメーを愛している。ティンウーを愛することはできない。もしもティンウーに恋人がいなかったら……、恋人がいなくて、あたしに愛を告白したら……。ああ、もうたくさん。考えるのはよそう。

タンタンミンはいろいろな角度から思いをめぐらせ、ティンウーに頼まれた伝言をターメーに告げずにおく決心をした。

9

一九四七年二月にアウンサン・アトリー条約[14]の内容が示された。その条約は、一年以内に独立を獲得する道を拓《ひら》いたと、アウンサン将軍が語っていた。

その条約締結の成功に向けては、労働者と学生がストライキをした。農民と都市在住貧困者が示威行動をした。会社の事務員や軍に勤務する労働者がストライキをした。さらに武装勢力の間で、イギリスに対して蜂起する準備がなされた。社会党員の一部と人民義勇軍の一部が武装蜂起を開始した。警察署のいくつかが占拠[15]された。

一月十四日にラングーンで、パサパラと共産党が共闘して労働者の大規模な示威行動[16]をおこなった。一九四六年十月に分裂して以来初めてのパサパラと共産党の共闘であり、市民たちは奮い立ってこれを祝福した。共産党からも、最終的権力奪取におけるパサパラと共産党との団結を望む声が生じてきた。

「一年以内に独立を獲得すべし」というスローガンを中心に据えた独立闘争の高まりは、アウンサン・アトリー条約締結で終焉を迎えた。

武装蜂起を始めた社会党員の一部や人民義勇軍の一部は、ナッマウのボウ・ヤーピャッのように義賊となった者もあれば、ティンウーのような囚人となった者もあった。投獄された社会党員と人民義勇軍兵士は、刑務所にすでに入っていた共産党員と遭遇した。独立の問題が、共同で論議されるようになった。

ピャーポン刑務所では共産党のターガウンが先に入っていた。次に社会党のティンウーが武器隠匿罪で入ってきた。最後に警察署襲撃罪で人民義勇軍のバラが入ってきた。

彼らは何度も集まっては論議した。過去の独立闘争と組織活動を再検討した。一年以内に獲得されるべき独立はどのような独立になるであろうかと論評した。一四億七千万ポンドの借金[17]でがんじがらめの独立か。その借金を口実にイギリスが引き続きビルマ経済を独占的に牛耳る独立か。一年以内に、田地のない者たちが田地を獲得できるのか。労働者、貧困者の生活状況はどのようになるであろうか。そうした多くの問いを、彼らは互いに発し、それらを総括し、答えを求めた。

ターガウンとティンウーとバラのそうした議論を、ミャも外部から援助した。公然と、あるいは密かに文書が届けられた。共産党中央委員会の団結行動の決議[18]や、団結を強調する『人民権力ジャーナル』と「共産党日報」紙も届けられた。

彼ら三人全員がおおむね理解したのは、共産党と社会党と人民義勇軍の三者の団結が不可欠なことであった。団結すべきであった。その団結の基本は、共闘して民衆の利益のために尽くすこと、共闘して民衆の解放を目指すこと、共闘して新しい社会を作ることなどであった。

その時期はダバウン月とダグー月（太陽暦二月から四月）であったので、とりわけ水牛専門のダコイトが荒らしまわっている時期であった。社会党と共産党と人民義勇軍が協力して、水牛ダコイトから民衆を守ることが決定された。小作人に次の年の耕作地が付与される問題も、その時期には重要であった。小作人が代々耕してきた水田を継承できることを基本に、共産党と社会党と人民義勇軍の共闘が準備された。都市在住貧困者の問題や市民の問題の一切合財を議論して、一緒に活動する準備がなされた。少なくとも暑期の防火活動[19]では、社会党と共産党と人民義勇軍が協力することが合意された。

日がかなり過ぎ、ティンウーとバラにとって吉報が耳に入ってきた。彼らは革命侵犯罪特赦法で釈放されることになった。しかし、二人は手放しで喜んでもいられない。ターガウンがまだ釈放されないことは遺憾で、気が重かった。

ターガウンは目が細くなるほど微笑んだ。

「どうってことありませんや。大衆の力や、団結の力が強けりゃ、わしも釈放されましょうとも。せいぜい外で、統一団結のために行動してくだされ」

「やりますよ、安心してください。ターガウンさんの釈放のために、騒ぎ立てて要求しながら、まず共産党と社会党と人民義勇軍の統一行動にとりかかりましょう」と言ってから、ティンウーがしばらく考えている。バラのほうは、何も言わず耳を傾けている。そのあとティンウーが続けた。

「俺たちにとっては、団結の意味は理解できましたよ。努力も本気でやりますよ。だけど、ひとつはっきり言わせてもらいたい。あなた方の党の指導者の一部は、俺は信用できないです」

「そう言われりゃあ、わしだって、あんたがたの指導者を信用しとりません。しかし客観的に考えて活動することが肝心です。イギリス帝国主義者のくびきのすべてから解放されることが必要か、必要でないか。――必要です。必要ならば、団結は必要か、必要でないか。――必要です。必要ならば団結せねばなるまい。どちらの側であれ、どの党であれ、イギリスのくびきを強化するような思想や行動、団結に反対する思想や行動が見られたらば、叩き潰さにゃなりません」

「俺は本音を言ったまでです。あなた方の指導者の一部は信用ならない。だけど団結の必要性は受け入れますよ」

「行動する中で解決されていくでしょうとも。行動しながら、きっとお互いに信頼するようになっていくとも」

こうして、ティンウーとバラは刑務所を後にした。

ミャとティンウーとバラの三人がすでに策を講じていたため、ピャーポンの共産党、社会党委員会、人民義勇軍軍事執行委員会は連携して議論を進めた。刑務所内で議論し合意された統一行動について議論し、合意をみた。そのほか、制憲議会選挙[20]にも、パサパラと共産党の団結を基本に参加することが決定された。共産党は候補者を出さず、パサパラを全面的に支援することで選挙に参加することが決定された。

ティンウーたちが釈放されて十五日目に、大規模な大衆集会がおこなわれた。農村部からも参加があった。パサパラ旗や、共産党旗や、社会党旗や、人民義勇軍旗など、たくさんの赤い旗が花のように咲き誇った。「伝来の水田に入って耕そう！」「水牛ダコイトから自衛する武器をよこせ！」「一年以内に必ず独立を勝ち取れ！」「パサパラと共産党は団結せよ！」「社会党と共産党と人民義勇軍は団結せよ！」「同志ターガウンを釈放せよ！」などのシュプレヒコールが響き渡っていく。集会が終わると、さらに県庁前までデモ行進がおこなわれた。

ピャーポン市民も喜び、意気を上げた。統一団結の成功を祈った。統一行動ならば、飯包みを差し入れるのは負担に感じないと語る者も多かった。

ターメーはその日満面に笑みをたたえ、限りない喜びに溢れていた。統一団結の手がかりがつかめたと誇らかに語り、さらに何倍もの力を尽くして統一行動に取り組む決意を固めた。あのカラーのことが偲ばれた。

やがてほどなくして、ターガウンも刑務所から釈放されてきた。

制憲議会選挙期間中は、パサパラ候補者ティンウー氏に投票するようにと、ターメーやターガウンが村々を回り、宣伝、扇動、オルグ活動で忙しく立ち働く姿が見られたのであった。

10

「あの水田はおぬしらの人民義勇軍の者に耕させろ。小作料の額は、やはりおぬしが決めてやれ」と、ミンが籐の安楽椅子にふんぞり返って話すのを、椅子に浅く掛け、かしこまって、一人の人民義勇軍兵士が聞いている。

「その向こう隣の水田は、アニュン村のカレン族にやらせることにした。へへへ、実に公平なやり方じゃないかね。カレン族を持ち上げるだけ持ち上げてやりゃ、カレン・ビルマ友好になるんだからな。これこそ将軍様のお望みどおりとなるぞ」

「親方様、ちょっとお待ちを。今のお話の水田は、死んだカラー君の水田でしたから、弟のタロウ君が引き続き耕すと聞いています。タロウは赤軍ですが……」

「わしはタロウに任せたくない。赤軍を支援したくないんだ。人民義勇軍だけを支援したいんだよ」

「親方様のお気遣いは承知しています。ですが、赤軍と人民義勇軍の間がもめないか心配です」

ミンは苦笑した。それから口をゆがめた。

「おぬしは赤軍が怖いのかね。わしの土地だ、わしが任せたい者に任せるとも。どうして赤軍ごときを恐れなければならんのだ」

人民義勇軍兵士は、口惜しそうな表情になっていく。

「私どもは怖くて申し上げているわけではありません。軍事指導者のバラも、パサパラと共産党が団結すべきだと言っていますし」

「ハハハ……、おぬしらは共産党のやり口が見えておらんようだな。口ではパサパラと共産党の団結を語って、それを隠れ蓑に、将軍様の背後に回って刀を突き立てようとしておるんだ。ハハ、なあ、おぬし、政治ってやつさ。政治だよ」

人民義勇軍兵士の顔は、ナツメの葉っぱのように小さくなっていく。

「親方様、私ども人民義勇軍は政治家ではありません。軍事行動をする労働者にすぎません」

「ああ、そうだった。わしは本物の政治家ではない。だがな、年をとって見聞を重ねると、やはり、政治家のやることに知らん顔で済ますわけにはいかん。ピンマナーでなど、共産党が何をやっているかってことは、知っているだろう」

このようにミンが人民義勇軍兵士と話をしている間、台所に隣接した食堂で、タンタンミンがタロウから巻貝や海の平貝を受け取っていた。

「なんてきれいなの、タロウ君。ありがとうね。昨年、カラーさんにもらったのはみんなラングーンへお土産にあげてしまったの。ところで、カラーさんの話は聞いたわ。お気の毒だったわ。

わかってね。とてもお気の毒よ」

「兄貴の事件はまったくひどい話でした。兄貴と妹が亡くなって、おいらも落ち込んじまって、女房をもらいました」

「まあ、そうだったの。それはおめでとう」

「今日は兄貴が耕していた田んぼをまた任せてもらえるよう、親方様にお願いしようとやってきたんです。嬢様も口添えして……」

「うんうん、あたしから話をします。タロウ君が話す必要はないわ。あたしが話します。ちょっとティンちゃん、タロウ君にご飯を食べさせてあげて。さあさあ、ご飯を食べて帰ってね。ちょっとティンちゃん、おいしいおかずをたっぷり入れてあげてよね」

タンタンミンは五チャットをタロウに渡しながら、「ほら、これで新しいシャンバッグを買って。この古ぼけたのは置いていって」と言いながら、ばたばた出ていった。

タンタンミンが客間に入っていくと、戸口から出てきた人民義勇軍兵士と鉢合わせした。

タンタンミンが父親の方へ急いで歩いていき、はしゃぎ浮かれた身振りで、「見て《ルック》、見て《ルック》！ダディー」と言って巻貝を見せると、ミンは興味深げに娘の見せる巻貝や平貝に目をやった。

「きれいでしょ、ダディー」

「きれいだよ。とてもきれいだ。うーん、お前は宝石や金なんかよりも、貝殻のほうがずっと好きみたいだな。これはどこからもらったんだ？」

「あのカニ村のタロウ君が持ってきてくれたの」

ミンは憮然とした表情になってゆく。もう娘の貝殻に注意を払う気にもなれない。

「タロウが……何の用事で来たんだ」

「兄さんの田んぼを引き継ぎたいそうよ」

「お前は何と言ったんだね」

「もちろん、大丈夫って言ったわ」

ミンは籐の安楽椅子に背をもたせた。

「それは、もう無理だ」

タンタンミンは、椅子の右の肘掛に両手をついて、父親の上にぐっと身をかがめた。

「どうして無理なの、ダディー？　あたし約束しちゃったわ」

ミンは怒り出した。

「どうして約束などするんだ！　もう無理だ。ほかの者に任せた」

タンタンミンは甘えるように地団太を踏み、はき捨てるように言った。

「任せたのなら、それをやめるだけよ、ダディー。簡単なことよ」

ミンはしばらく物思いにふけり、椅子の背もたれから背を離して居ずまいを正した。

「お前、もう子供っぽいことをやってるわけにはいかんぞ。父さんには男の子がいない。お前一人しかいない。だからお前には、父さんの仕事をわかってもらわねばな」

「もちろん、わかってるから言ってるのよ、ダディー。カラーさんは真面目だった。仕事ができた。その弟も同じよ。あの田んぼは、ずっと前からあの兄弟が力を合わせて耕してきた。だから、彼らにしか任せちゃだめ」

ミンは立ち上がった。タンタンミンは父の顔を見て、真顔に戻った。

「だめだよ、お前。あのカラーが耕していた水田を、人民義勇軍の小作人に任せて、あの水田の隣の水田もカレンに任せるよう、いましがたあれにわしの代理で動いてもらうことにした」

「もう、ダディーったら！　どうしてそんなことしたの？　赤軍の伝来の耕作者と人民義勇軍の新参者を争わせたいの？　ビルマ族の伝来の耕作者とカレン族の新参者が争うように仕向けたの？　ダディー、よく考えてやってよ。ダディーったら……」

ミンは怒りにぶるぶる震え出した。

「何てことかい！　年長者に若い者が意見するのかね。わしがよく考えてやったことだ。まったく、この娘ときたら、物の道理が何もわかっておらん。小作料を払わん赤軍は、人民義勇軍にお灸をすえてもらわんとつけ上がる。小作料を払わんビルマ族の農民は、何もわからんカレン族にお灸をすえてもらわんとつけ上がる。お前に何がわかるか。そうしないと、小作料は入ってこない」

タンタンミンは、怒り狂った父親の顔を鋭い横目でとらえながら、かなりの間考えていた。そしてやや硬い声を発した。

「ダディー、ダディーは、とても汚い大人よ」

……バシッ、バシッと娘の柔らかい左右の頬にびんたを張り、ミンが怒鳴った。

「出ていけ！　お前はこの家に住むな！　出ていけ！　お前を甘やかしたのが裏目に出た。出ていけ！　出ていけ！」

その瞬間、世間中からこぞって罵声を浴びせられることにも増して、娘に「とても汚い大人よ」と言われたことがミンに苦痛をもたらした。娘の舌先は、父親の心を切り刻む剃刀《カミソリ》にも似ていた。ミンは痛みを感じただけでなく、恥じ入りもした。痛みを感じずにおれようか。彼の階級の汚さ下劣さが、彼に最も近く、目に入れても痛くないほど愛し慈しんだ娘から指摘され、非難されたのである。その瞬間、タンタンミンのほうは、生まれてこの方ずっと純潔であった自分の心臓が、父に取りはずされ、糞尿にまみれさせられたかに思えた。

この世の中で、彼女の最も愛する、彼女の最も頼りにする父が、これほど汚かったとは思いもよらなかった。タンタンミンは、自分が糞尿にまみれた、虫食いの柱に寄りかかって暮らしてきたかのように思えた。

次の一瞬、タンタンミンは怒りに震えた声を発していた。

「出ていくわ。出ていくわ。……ここには住まない。ダディーはとても汚い。さよなら」

ミンは全身をがたがた震わせている。あちこち歩き回りながら、彼は怒鳴った。

「行け！　行け！　お前に何がわかる！　このぜいたくな暮らしが、何のおかげか、お前は知っておるか。ビルマ人が商売で金持ちになるチャンスがあるこのご時世に、どこから元手を手に入れるのか、お前は知っておるか。行け、行け！　くそ！　物の道理も何もわからん娘など行ったた行った」

タンタンミンは、くるりと向きを変え、「出ていくわ、出ていくわ。ここには住まない」と言いながら、いきり立って出ていった。今までずっと甘やかしてくれた父から、びんたまで食らった。ラングーンの学校に行ったときも、別れて暮らすことに渋い顔をした父親だったのに、その父親に追い出される羽目となった。しかしタンタンミンの目からは、一滴の涙もこぼれ出はしなかった。

ミンは怒りが覚めやらぬまま、家を出ていく娘の姿を目で追っていた。家の外へ出ていったあとも、姿が見えなくなるまで目で追っていた。娘が視界から消えると、ミンは憔悴したように感じ、籐の安楽椅子に腰かけた。「何と愚かな娘だ。甘やかしたのが裏目に出た」と、ふと後悔の念に駆られ、その怒りの塊は溶けはじめた。

甘やかした俺が間違っていたのだ。一人娘で母無し子だからとつい甘やかした。愚かな娘になってしまった。跡を継ぐ息子が一人もいなかったのは手痛いことだった。ああ、娘も十九歳になったのだ。十八を越えたのだから、実のところ成人に達している。婿を探して一緒にしてやらねばな。婿を取れば、俺にも後継者ができる。娘も責任を自覚して賢明になるだろう。交易に明るい男を探してやるか。高等文官試験合格者を探してやればよかろうか。いや、待てよ。それはまずいかもしれない。俺が娘に学業を続けさせなかったのが間違いだったのだ。別れて暮らしたくなかったので、つい学校にやらず手元に置いたから、いまや暇にあかせて、社会党に入り、パサパラに入り、やたらと政治に深入りして、父親に口答えしたのだ。こりゃまずい。学業を続けさせねばなるまい。

そのように、あれこれ思いをめぐらすうちに、気が滅入ってきた。むしゃくしゃして酒を飲んだ。それから、ぐっすり寝入ってしまった。

ミンが熟睡から目覚めると、夜の九時になっていた。娘はまだ帰らない。ミンはひどく心配になり出した。勢いに任せてちょっと出ていったのだ、気が収まれば戻ってくるだろうと高をくっていた。今になってもまだ戻ってこない。十時になっても戻ってこなかった。どこか家の片隅でふてくされて眠っていないかと、必死で家じゅうを捜した。見つからない。ミンは冷や汗が出た。俺がうっかり叩いたのが間違いだった。俺が追い出したのが間違いだったと、後悔の念にさいなまれた。警察に通報して捜索させたが、見つからない。夜通し捜し回って、すっかり夜が明けた。娘は見つからなかった。

自らの狡猾な行為の結果、これほどの思いをさせられただけでも、十分な罰が下されたというべきではあるまいか。

11

ミンが人民義勇軍の隊員に任せた水田は、カラーが昨年まで耕してきた水田であり、アニュン村のカレン族に任せた水田は、チェッチーが昨年耕した水田だった。

タロウとチェッチーはダグー月（太陽暦三月から四月）に、その水田の刈り株や雑草を燃やしてきれいにしていた。新年の水祭りが過ぎて、カソン月（太陽暦四月から五月）に入ると、古い田小屋を修理した。犂《すき》の台に鉄製の歯を取り付け、代掻きの準備をしていた。

ミンが狡猾な行為に及んだその翌日、一〇名の人民義勇軍がタロウの田小屋を壊した。柱までが引き抜かれた。そうした破壊行為の間、二名の兵士が銃を手に見張りをした。チェッチーの小屋はカレン族が壊した。

人民義勇軍がタロウの小屋を壊した知らせは、燎原の火のようにたちまち広まり、赤軍は血が逆流する思いで歯ぎしりして色めき立った。カレン族がビルマ族の小屋を壊した知らせも、すぐさまチョンカン川一帯に広まっていった。カレン族は譲歩してやればやるほどつけ上がる、タマンギー村のテインペーがダコイト時代にやったように、力で目にもの見せてやらねばおとなしくならないとビルマ族たちは豪語し、歯ぎしりして色めき立った。

人民義勇軍が小屋を建てれば一気に火をつけよう、相手が棒ならこちらも棒で、相手が山刀ならこちらも山刀で、相手が銃ならこちらも銃で応戦しようと赤軍は豪語し、以来人民義勇軍が小屋を建てるのを待ち構えていた。人民義勇軍のほうでも、こちらは小屋を建てるぞ、火をつけるものならつけてみろ、目にもの見せてやるぞと、応戦の機会を虎視眈々と狙っていた。

カレンどもが小屋を建てたら火をつけよう。今度こそカレン族を叩きのめさねば済まないとビルマ族は豪語し、カレン族が小屋を建てる日程を指折り数えていた。カレン族も、我々は親方様からこの水田を正式に任された、ビルマ族が手を出しに来たら、赤軍であれ、人民義勇軍であれ、誰であれ容赦しないと豪語した。必要な場合は即刻援軍をよこすよう、カレン民族同盟のソー・バウーギー[21]の部下で一〇〇〇エーカー以上の土地を所有するカッターミン村の地主のピューや、バンカダッ村[22]のカレン青年協会のサミュエル師のもとへも使者が派遣された。

あらゆる道が同胞同士の血を血で洗う惨劇へと向かっていた。

ターガウンはできる限り赤軍をなだめて抑え、人民義勇軍のもとへ出かけて、伝来の水田耕作権について説明した。人民義勇軍のほうも、地主との了解のもとで合法的に任された水田だから譲歩できないと言い張った。ターガウンはピャーポンのミャのところに報告書を送って、助言を求めた。

タンタンミンは家を出た後、社会党事務所にも、ティンウーのもとにも、いつもよく出かけていた知人のもとにも行かなかった。八番通りに住む学友のカレン娘ノー・テインミャを訪れた。日中はずっとテインミャととりとめもないおしゃべりに興じたが、自分と父との間に起こったことは一言も口にしなかった。夕方、食事を済ませてから帰宅時間になってようやく、「ミャ、あたし家にもう帰らないの。あんたのところに泊まるわ。家でダディーと喧嘩してきたの」と説明した。テインミャは、帰宅させようとしきりに説得したが、タンタンミンは折れなかった。翌朝、彼女は手紙を書いてティンウーを呼び寄せ、経緯を事細かに説明した。

「じゃあ、この件はどう扱いましょうか」と、タンタンミンが思慮深く堂に入った態度でたずねる。

「ちょっと待ってくれ。どうすればよいか、ミャさんたちのところへ相談に行ってくるよ。君はこの家にいてくれ」

「隠れてるんですからね。ここにいるって誰にもおっしゃらないでね。ダディーは死に物狂いで捜索すればいいんですわ。あの人は汚いことをやったし、あたしのことを叩いたんですもの」

ティンウーはノー・テインミャ宅を辞去してから、ミャとバラを探した。午後遅くになってようやくミャと会え、バラとは夜になって会えた。ティンウーとミャは話し合った。そのときミャは、すでにターガウンのもとから報告を受け取っていた。伝来の水田耕作権に基づいて検討した結果、水田耕作闘争を実施して、人民義勇軍と社会党と共産党とカレン族とビルマ族との団結を固めることが決められた。

「君のところのあのお嬢さんは、水田耕作闘争が終わるまでカニ村のターメーさんのところに預ければいいだろう」と言って、ミャはきつい葉巻をくわえた。そして続けた。

「地主どもの狡猾な実態を、人々に理解してもらうにはとても役に立つだろう。彼女を早くカニ村に連れていかねばね」

「うん、賛成だね。彼女も農民の生活を目にする。人民大衆の活動も体験するだろう」

「娘との間に楔《くさび》を入れるのは、地主のミンに罰を下すことになるね。へへへ……。それに君も俺もカニ村に出かけよう。バラ君も誘って行かねばな」

ティンウーは、しばらく考えてから、微笑んだ。

「俺とターメーは、まだ絶交していなきゃならないのかな」

ミャはかすかに声を出して笑った。

「俺たちの決定から六ヵ月以上経過している。当時は、当面のところ交際を禁止するってことだったんだ、へへへ」

ティンウーも心ゆくまで笑った。

「ヘッヘッ、六ヵ月以上たって、情勢は変化してきたよな。ヘッヘッ」

タンタンミンは、二晩目もノー・ティンミャ宅に泊まり、翌朝早く、ティンウーとミャとバラと一緒に、サンパンに乗ってカニ村へ出発した。

彼らがカニ村に到着すると、ターガウンとターメーは喜びもひとしおであった。頼もしい限りであった。ミヤ、ティンウー、バラ、ターガウン、ターメー、タンタンミンと村落の数名の指導者が会議を開き、ミンの狡猾な仕打ちのあらましについて、伝来の水田耕作のためにどのように闘うかについて、どのように社会党と共産党と人民義勇軍が団結するかについて、カレン族とビルマ族がどのように団結するかについてなどが報告された。ターガウンからは村落の状況が報告された。その後、さまざまな情勢について論議し、次のような点が決定された。

第一に、農民闘争の破壊を企み農民の分断を画策する地主たちに思い知らせ、四分五裂している左翼勢力の団結やカレン族とビルマ族の団結の手本を示すために、水田耕作闘争を実施する。

第二に、水田耕作闘争にはカニ村のみならず近隣の村からも動員し、一〇〇台の犂部隊を参加させる。

第三に、両面太鼓や単面太鼓や銅鑼《ゴング》などの各種楽器とシュエーヨウ踊り[23]や群舞などの舞踊を導入し、賑々しく闘争を展開する。

第四に、抗争地のタロウとチェッチーの水田のみならず、近隣にある農民指導者ターガウンや女性指導者ターメーの二人の伯母の水田も耕作する。

第五に、この一大水田耕作大衆行動の参加者に村々から飯包みを募ってふるまう。

次に水田耕作闘争の日取りが決定された。ミンが狡猾な行為に及んだ日から数えて六日目に実行することとなった。最後に任務分担をして各自の活動に入った。

ターメーの学校が水田耕作闘争実施本部になっていた。

ティンウーとターガウンとターメーは村を回って各戸を訪問したり、集会を開いたりして宣伝扇動活動をおこなった。

一方、ミャはカレン族の村へ行き、調整と宣伝とオルグ活動をおこなった。その途中で急用ができ、いったんピャーポンに戻っていった。

バラは人民義勇軍を水田耕作闘争に参加させる任務を受け持った。ミンが水田を耕作させる任務を与えた人民義勇軍の男は、敵対的な行動を取ったので、人民義勇軍の会議が招集されて除名された。男は体面を無くし、自分の手下を作って強引に行動しようとした。さらにミンのもとへ行って援助を求め、ミンから「どんどんやりたまえ。警官を支援にさし向けよう」と言われた。しかし、誰一人として彼の後に従う者はなく、ついに匙を投げてしまった。

タンタンミンの噂は、花の知らせをそよ風が運ぶように、民衆の間で持ちきりであった。彼女の噂は語り尽くせないほどであった。ティンウーとターメーが演説に行くときには、彼女を連れていった。彼女は演説する勇気がないと言って演説しなかったが、彼女を傍に置いて演説するのは、実に効果があった。そのほか群舞の練習を手伝って欲しいと頼まれると、彼女は手伝った。群舞の歌を自ら独唱した。

雨降れば　苗健やかに
先祖伝来　水田娘

竹の菅笠《カマウ》　それぞれ被り（繰り返し）
早乙女たちぞ　水田にて
苗を抜きては　並べ替え（繰り返し）
短きロンジー　水に濡らして
立ち居振る舞い実直に　恥じらい見せて
見る者の心を奪うよ
前の者ども御覧あれ　御覧あれ

斉唱もそれに続く。

まだ涼し
水冷たきに
食べんがための労働ゆえ楽しからずや
骨折りて雨水の中
苗分け植えて　日々の勤《いそ》しみ
のどかなり
村の傍にて　水田娘　歌をうたわん

12

水田耕作闘争の当日となった。

時を告げる寺院の大丸太が叩かれる時刻、村人たちはすっかり目覚めていた。あちこちの家の台所のかまどでは、火がめらめらと燃え上がっている。

ややすると、トントンと、単面太鼓の表面に調律用の木灰《きばい》を混ぜた飯粒の糊を塗って試しに打つ音。ボンボンと、両面太鼓の表面に糊を塗って試しに打つ音。ひゃらひゃらと、縦笛吹きが試しに吹く音。ピーピーと、横笛吹きの若者が、すべりをよくするために蝋《ろう》を塗って試しに吹く音が、次から次へと流れ出す。

その日、鶏の時の声は聞かれなかった。すでに目覚めていた楽団員たちの出す音に、時の声が消されてしまったためであろうか。それとも、生まれて初めて我々は寝坊してしまったと思って、鶏たちが鳴かずにいたのであろうか。事の真偽はわからない。

それからしばらくすると、あちこちの村から楽器の音や歌声が競うように流れ出した。

金剛石を散りばめし
単面太鼓を肩に掛け　肩に掛け
体傾け拳《こぶし》で叩け　若い衆
体傾け拳で叩け　若い衆
その拳　巧みなるその拳
おお　皆の衆　黄金に染まり……

そのあと、大型両面太鼓を叩く音や大小の銅鑼のセットを鳴らす音と共に、やや早いリズムでメロディーが流れ出た。

母に叩かれ　かの娘
いざゆかん　我らが村へ
我らが村が名産ぞ
手織りのピンニー　ヨー・ロンジー[24]

そのほか、村の年寄りたちが唱和できることを狙ったと思われる、ゆったり音を引いた長太鼓歌[25]も聞こえる。

国王陛下ぞ
黄金の　籐の鞭持ち
犂の台木に　御み足乗せん
気高き牛の一対ぞ
田に下り立たば　天空より
黄金の川蝉　雨ぞ連れにけり

女たちは少々後れを取った。身だしなみを整えるなどの雑用が余分にある。しかし耳を傾ければ、「まだ涼し　まだ冷たきに……」と、流れ出てきたのは群舞の歌らしい。

我が水田の　あぜ道に座りて
魚醤《ガピ》油に生野菜　美味《うま》き昼餉　いざ食《は》まん　友よ
輪にならん　友よ
おお　我が水田の　傍《かたわ》らの水路にて
丸木舟　それぞれ漕ぎきて
労働の時　終わらば　はらからよ

舟連ね　漕ぎ楽しまん

カニ村の西南の隅に大きな池がある。その池の南側に向かって屋根と柱だけの細長い仮小屋が作られた。仮小屋の前方中央に、大きなパサパラ革命旗が立てられている。その周りを共産党旗、社会党旗、人民義勇軍旗、カレン民族旗が囲んでいる。その前にまず群舞の舞踊団と楽団が到着した。ターメーと、タンタンミンと、ターメーの上の伯母も一緒である。伯母はビンロウの葉の大きな軽葉巻をくわえている。

仮小屋の東側の隅に、飯包みが集められた一角がある。西側の隅には、床几《しょうぎ》が一つある。太陽は、世の人々にまだ顔を見せていないが、その片鱗を示しており、東の空は薔薇色に染まっていた。山並みのような雲や厚い雲の塊が炎のように真っ赤に輝いている。上の空では真っ白い層雲が帆を張っている。前方を見れば、見渡す限りの水田である。タメイントー村が、ぼんやりくすんでうずくまっていた。

五分ばかり経つと、単面太鼓や両面太鼓で構成された楽団が先導して、整列したおびただしい犂部隊がぞろりぞろりとやってきた。

雨、雨、雨か　若者よ
風、風、風か　若者よ

太鼓叩きのお出ましぞ
去れ　災厄よ
水田耕作祭ぞ　団結ぞ
あらゆる集団　加わらん
伝来の水田ゆえに　耕さん
地主ども　阻止すれど
水田耕作闘争　おこなわん
おのれの田畑　持たんがために
団結の旗　うち立てよ
いかなる敵も　恐れはせぬ
疲れを癒す岩清水　水色の杯《さかずき》にて
飲ませたまえよ　姉様《あね》よ

お囃子の声と太鼓の音が天の上の叢雲《むらくも》をうごめかせたかに思われた。

やがて広場の西南方面からも、太鼓の音やお囃子の声やシュプレヒコールの声が接近してきた。

海で汽船が接近してくると最初にマストが見えるように、へんぽんと翻っている赤旗がまず目に入った。タメイントー村からも、犂支援部隊がさらにやって来ているのであった。

ターメーとタンタンミンは仮小屋の前の床几の上に並んで立っていた。その手にはそれぞれ一冊のノートと一本の鉛筆が握られている。二人とも菅笠《カマウ》を被っていた。二人がそのように並んで立っていると、ターメーは女王のような堂々たる威厳を備え、タンタンミンは王女のような美と若々しい優雅さを備えて見えた。ターメーはセンニンソウの花のように、見る者の心をさわやかにさせ、タンタンミンはホワイト・チャンパカの花のように、見る者に好意と敬意を抱かせた。

ターメーとタンタンミンの前に、鎚と鎌の旗をはためかせ持つターガウン、その後に楽団、その後に二台ずつ並んで犂部隊が五〇台整列して行進してきた。彼女たちの前に来ると止まった。演奏やお囃子やシュプレヒコールの声が止んだ。そのころには、仮小屋の前に見物にやってきた観衆も押し合いへし合いであった。

ターガウンがターメーに報告した。

「カニ村犂部隊五〇台揃いました。民衆の団結はとりわけ固められております。カニ村と周辺の村からも飯包みが千包み以上届きました」

ターメーとタンタンミンは記帳している。二人はターガウンと犂部隊の前に行った。水牛や牛たちまでがはしゃいでいるように見える。中には、勝利の花フトモモが角に巻かれた水牛もいる。

その後に、社会党旗をはためかせ持つティンウー率いるクンダイン村の犂部隊が五〇台行進してきた。その次に、カレン民族旗をはためかせ持つミャ率いるアニュン村の犂部隊が五〇台行進してきた。その次に、バラ率いる人民義勇軍五〇名とタロウ率いる赤軍五〇名が行進してきた。

最後にターメーの下の伯母がパサパラ旗をはためかせ持ち、六〇名の女性が菅笠を被って行進してきた。

「女性先進部隊には六〇名が参加しております。女性コングレス二〇名、独立女性協会二〇名、女性警官二〇名を合わせて結成いたしました。飯包み、煙草、キンマ[26]の配布と雑用を分担いたします」

伯母がそう報告すると、観衆は拍手を送った。下の伯母とターメーとを代わる代わる見た。中には、お互いにそっと指でつつき合いながら、「ターメー先生の下の伯母さんじゃないかね。一家総出で政治活動やっているんだなあ」と囁き合う者もいる。下の伯母は、以前は姪の行くところに同行する以外は何の政治活動もしなかった。今回の闘争には大いに共鳴して参加したのである。

ターメーとタンタンミンは床几から降りてその横に立った。一五〇台の犂部隊はそれぞれの場所に整列している。タメイントー村から支援にやってきた三〇台の犂部隊が最後に入場して停止した。

ターガウンが床几の上に登ると、ぱちぱちと拍手が起こった。

「同志諸君、本日のめでたき水田耕作儀礼[27]は、歴史に残る行事であります。全面的団結を獲得して実施する闘争であります」

歓声が起こる。

「本日獲得した団結は、この三年の間、同志ミャ、同志ティンウー、同志バラ、同志ターメー、そしてこのわしの経験から築き上げた団結であります」

再び歓声が起こる。

「民衆の経験と、思いと、願いを基盤とした団結であります。この団結は、蟹のハサミのようなものであります。蛇の喉仏を蟹のハサミの二本の刃で締め上げるように、パサパラと共産党の団結、共産党と社会党と人民義勇軍の団結、カレン族とビルマ族の団結によって、植民地主義者の喉仏を締め上げることができるのであります」

歓声に続いて口笛が鳴る。

「わしらを縛り付けていたイギリスの経済的な鎖、地主や金持ちの鎖や高利貸しの鎖、いろいろな鎖を、団結の蟹バサミでばっさり断ち切ることができると思ってください」

ターガウンが拳を振り上げると、大きな歓声が尾を引いた。

「その鎖が切れたら、わしらの新しい社会が建設できるであります。田畑を耕す者すべてが田地を持てる新しい社会、借金のない新しい社会、水牛も牛もたくさん持てる新しい社会、機械で田を耕し飛行機で種を撒く新しい社会、万人に仕事があり弱肉強食のない新しい社会、豊かで発展した新しい社会を築き上げることができるでありましょう」

耳が割れんばかりの大歓声が上がる。

ターガウンは話し終えると、タンタンミンを上に招じた。ターメーもタンタンミンを押しやったので、タンタンミンは床几の上に立った。そこで聴衆は大歓声をあげた。タンタンミンは、パサパラ大会でアウンサン将軍にダイヤの腕輪を捧げにいった当時のような状態になっていた。身も心もうきうきと心地よかった。その顔は上気して赤らみ、笑みがこぼれていた。歓声が止んでしばらくすると、その顔に落ち着きが戻り、彼女は心の底から絞り出すような声で話しはじめた。

「あたくしが父親に反旗を翻した娘となった事情は、特別にお話しするには及びません」

歓声が起こる。

「あたくしがお話ししたいことは、あたくしがアウンサン将軍の崇拝者の一人だということです。人民義勇軍のみなさんも、あたくしと同じですわ。あたくしの将軍様を崇拝する気持ちは、今も消えておりません」

拍手が起こる。

「あたくしに愛国心というものが理解できたのは、将軍様のおかげです。政治という言葉を聞いたのも、将軍様に関心を持ったことがきっかけです。今、あたくしは信じています。あたくしの父のような人間たちがやっていることを、将軍様がそのまま見過ごしておられるのは、よくご存じないから見過ごしておられるのです。ご存じになれば、将軍様はこのまま見過ごされることはありません」

歓声が起こる。

「あたくしたちの身に起こったことを、もし将軍様が知ってくだされば、父に歯向かった甲斐があると、あたくしは思っています」

長く大きい歓声が起こる。

タンタンミンが床几から降りると、ターガウンが部隊を閲兵する武将のように群衆を眺め、一同は彼の命令を待つかのように鎮まり返った。そこで、ターガウンは耕作すべき水田を眺めながら、「同志諸君、耕しましょうぞ」と命令を下した。

赤軍兵士は警備の持ち場へグループに分かれて散っていった。人民義勇軍兵士は犂部隊を配置させた。女たちもそれぞれの任務についた。しばらくすると、カニ村、クンダイン村、アニュン村の並んでいる水路一帯から、廃墟となったアパウン村を臨む小さな水路までの水田全体がまさに戦場さながらとなっていった。一八〇台の犂と、三六〇頭の水牛と牛と、台に乗る一八〇名の人間。これらが広がって水田に入ると、あたかも軍隊が展開する野戦場風景のようであった。

水田の広さはまちまちであり、ある区画は犂が一〇台、ある区画は犂が一五台、ある区画は犂が二〇台と、肩を並べて代掻きをする。また、水田の区画のたたずまいも一定ではなく、すべての犂が一方向に向かって等しく移動することはできない。ある区画は南から北へ、ある区画は東から西へ、ある区画は西南から東北へ、さまざまに移動していく。その上、土の固さも一様ではなく、ある箇所では唐鍬《からすき》を用い、ある箇所は犂で掘り返す。

檀家の善男善女の高揚した状態に煽られ、しばしのぞいてみようとお出ましになった住職のアータパ師は、そのように煩雑多忙をきわめる景観をご覧になると、長談義なさるお元気もなく、しばらくの間じっと精神を一点に集中しておいでになった。それから、お供の緬方医のポーミャーに、「うーむ、まるで無数のアリが労働しているようじゃの、檀家殿」とのたまった。

水田耕作闘争を見物にやってきた子持ちの寡婦のモウラは、小さい息子を横抱きにしながら、「ねえ、叔母さん、頼もしいことだね、見てごらんよ」と、ビンロウの葉の長い葉巻をくわえている叔母のテーモンに声をかけた。

赤軍兵士が一人、ミャのところへ息せき切って駆けつけ、タメイントー村に検察官と武装警官が来ていると知らせた。ミャは、「ここへ来たら、警官を犂の歯の下で粉々にしてやるさ」と言った。水田耕作闘争は粛々と続けられた。

やがて犂に余力が出たので、どの水田には農民同盟への募金を、どの水田にはパサパラへの募金を、どの水田には人民義勇軍への募金を、などと定めて代掻きをさせた。募金者の中には、六〇エーカーの所有者であるターメーの伯母もいた。

楽団は心ゆくまで演奏に興じている。踊り手もうきうきと飛び跳ね、大地を揺るがさんばかりである。観衆の中には、鋭い犂の歯で規則正しく代掻きが進んでいくさまを見て、犂の歯の下で古い制度や辛い暮らしが粉々に砕かれていくかに感じる者もいる。

中には踊りを見て、そのリズムと踊りの巧みな調和を感じ取り、その日の団結の妙味に酔いしれる者もいる。しかし、タロウと、タンタンミンと、ターメーとティンウーは、身も心も観衆から離れたところにあった。

ターメーとティンウーは、池の堤のフトモモの大きな切り株の近くで語らっていた。
タロウは警備しながら、兄のカラーと妹のピューのことがしきりに偲ばれた。
タンタンミンは、人民義勇軍兵士の一人が持ってきた手紙を、仮小屋の隅に行って読んでいた。

愚かな娘よ

お前を叩いて家から追い出したのは間違いだった。怒りに任せて、ついやってしまったのだ。娘よ、本気で追い出したのではない。

お前がいなかったら、父さんはどうして暮らしていけるだろう。だから早く帰ってきなさい。お前を迎えにタメイントー村までやってきている。早く来なさい。

父さんがしたことは汚いことではない。お前が父さんの仕事を理解し、社会経験を積んだ時になれば、父さんが小作料を手に入れるために、地主として安定した暮らしを手に入れるために、父さんがこういったことをせねばならないということがわかるだろう。父さんはいつも輪廻を考えている。現世の行いの結果が来世に現れるのだから、決して汚いことなどやらない。

お前には間違いがひとつある。今回のように、徒党を組んで騒ぎ立て、土地に押し入って代掻きをするのをお前が支援することは、間違いだ。この土地はお前の土地だ。タロウ君に任せたいなら、冷静に父さんと話し合ってから任せればよい。騒ぎ立てて、押し入って耕すことは、お前のよく言っているデモクラシーにふさわしくない。仏陀の教えにもふさわしくない。そうだよ。いずれにせよ、戻ってきなさい。お前がこのような間違いをしでかしたのは、お前の罪ではない。父さんの罪だ。

わたしたちはラングーンに転居しよう。インヤー湖畔[28]に屋敷を買ってある。こちらの精米工場と米作の仕事は、信頼できる人間に任せよう。ラングーンに行ったら、父さんは外国と直接取引をしよう。このご時勢には、ビルマ人に商売のチャンスが到来している。土地は政府が接収するという話だ。賠償金が入るから、まずまずといえる。賠償金がたくさん入れば、それだけ商売の元手も増えるというものだ。ラングーンに行ったら、お前は学業を続けなさい。今年の大学入学資格試験を受けなさい。来年カレッジに入りなさい。お前のためには学業を続けるのが最良の策だよ。

帰っておいで。わたしはお前がいなかったら暮らしていけない。早く帰っておいで。

一九四七年六月

タメイントーにて一時滞在中

父より

タンタンミンは、読むうちに胸が一杯になって、涙ぐんだ。挙句の果てにしくしく泣き出した。

父に頬を打たれても、涙ぐまなかった。追い出されても、胸は騒がなかった。家を出てきても泣かなかったのに、父から帰るよう乞われると、彼女は泣かずにいられなかった。本当のところは、追い出された時も、瞼に涙の粒はあったように思う。父はタンタンミンを古い社会に連れ戻そうとしているかのようであった。そして、水田耕作闘争によって新しい道への手がかりを指し示している農民大衆は、タンタンミンを新しい社会に誘っているかのようであった。彼女の目は涙で潤んでいた。

ターメーとティンウーは水田耕作闘争についての語らいを終えると、しばらく沈黙した。それからターメーが、自分の前にある森羅万象のすべてをじっと見つめながら、歓声をあげるようにさわやかで澄んだ声を発した。

「道が開けたわ！」

「何の道が開けたって？　ター」

「統一団結の道よ、マウン。新しい社会への道が開けたとも言えるわ」

「今開けたこの道を、ターと僕とで手を取り合って進んでいこうよ。ねえ、将来にとって頼もしい限りだよ」

ターメーははにかんでティンウーを横目でにらみ、手の先で自分の頬にかすかに触れながら、

「以前一度、これから先のことで気が高ぶりすぎてとかなんとかおっしゃって、何をなさったかしら。覚えている？」とたずねた。ティンウーはかすかに笑い声をあげ、センニンソウの花にも

似たターメーをじっと見つめていた。覚えている。あのとき、左右の頬に愛の刻印をしるしたのみならず、唇を合わせて愛の競演をくり広げたことを。

空が雨雲で薄暗くなってきた。稲妻もきらりきらりと光り出した。恵みの雨が招かれようとしている。

あいかわらず鋭い犂の歯たちは前進を続け、そのあとには均《たがや》された土が続き、犂の歯は次々と土を砕く。

ターメーとティンウーは「道が開けた」と歓声をあげ、手を携えて歩いていく。

しかし、ターメーとティンウーは知るはずもない。……翌月になれば、アウンサン将軍一行を見舞う運命を。翌一九四八年になれば平和なこの国を見舞う悲劇を。ターメーとティンウーは知るはずもない。

ターメーとティンウーが知るのは、開けた道の片鱗がほのかに見えたということにすぎなかったのである。

その道の片鱗は、大空高く、星の彼方へ……。

第3部　注

1 **軽葉巻《セーボレイ》**　少量の刻み煙草にムクバナタオレボクの葉や茎を刻んで椰子砂糖液などで練り、とうもろこしや棕櫚の葉で巻いた軽い葉巻。

2 **女性コングレス**　一九四六年七月、**全ビルマ女性独立連盟**を脱退した共産党傘下のグループが結成した。議長ドー・キンヂー（タキン・バヘインの妻）、書記長ドー・キンチーチー（テインペーの妻）、執行委員マ・チーチー（タキン・ズィンの妻）など共産党指導者の妻で執行部は構成され、農民、労働者、商人女性がオルグされて、特にピンマナー、ペグー、ピャーポン、ミャウンミャなどで活発に活動がなされた。

3 **池**　病院は五番通りと四番通りの間にある。五番通りと六番通りの間には貯水池が多数作られている。病院の南側の通りの角にドーソン銀行があったが、現在は消防署が建っている。銀行跡地の向かいの二番通りと一番通り（岸辺通り）の間に市立公園がある。

4 **ネートゥーイェイン決議**　一九四五年八月十九日、ラングーンのネートゥーイェイン映画館で開催された**パサパラ**主催の人民集会の決議。総督の行政参事会にビルマ国民の代表を参加させ、対イギリス協定や復興問題について協議することを求めると決議した。パサパラの最高組織委員として**アウンサン**以下三六名を決定した。またアウンサンが人民義勇軍の結成を提唱した。

5 **ピンマナーではどうなっているか**　抗日の強力な拠点のひとつであったピンマナーでは、イギリス復帰後も農民が武装解除せず革命基地を構築していた。すでに、人民義勇軍から赤軍が派生した一九四六年十月以降、ピャーポンやピンマナーでは赤軍と人民義勇軍が交戦していた。ペグーやウォーではパサパラと白旗共産党が互いに対する抗議行動をおこなった。

6 **「一年以内に独立を獲得すべし」という決定**　**パサパラ**は、一九四七年四月に少数民族も参加する制憲議会選挙の実施、四七年一月三十一日から一年以内の独立、ならびにビルマ復興計画の再検討を要求することを決定し、四六年十一月十日に総督に要求した。

7 **『ダゴン』誌**　一九二〇年から四七年まで発行された月刊総合雑誌で、文芸界の有力誌でもあった。

8 **コーヒーを……飲んでよね……**　第二次世界大戦前に上映され、戦後もリメイクされて上映された映画の挿入歌という。

9 **黒猫《ブラックキャット》インド人部隊**　黒猫のマークを腕につけたインド人部隊で、当時ピャーポン一帯ではビルマ人への狼藉で悪名が高かったが、作中の事件は実際にはピンマナーで生じた事件をもとにしている。

10 **月光のタンマウン**　月の明るい夜のみ襲撃するダコイトで、第二次大戦直後ピャーポン一帯で有名であった。

11 **人民義勇軍女性部隊**　ラングーンでは一九四六年六月十一日にすでに結成され、隊長はドー・キンチー（**アウンサン**の妻）で、**パサパラ**の女性が入隊した。ラングーンははじめ一五の県に支部を持ち、制服を着用し、人民義勇軍と共同で、教練や介護訓練などをおこなった。

12 **イギリスで独立交渉をする**　一九四七年一月七日、**アウンサン**率いる**行政参事会**代表団がイギリスに出発し、十三日から独立協議が開始された。

13 **内務大臣**　第二次行政参事会の内務大臣は**社会党**議長のタキン・**ミヤ**であった。

14 **アウンサン・アトリー条約**　イギリス首相アトリーとの間で一九四七年一月二十七日に締結され、同年四月中の制憲議会選挙の実施、行政参事会の暫定政権扱いの承認などが規定された。二月二日に代表団は帰国した。

15 **条約締結の成功に向け……ストライキ……占拠**　一九四七年一月、五万人規模の労働者によるストライキが発生した。社会党、人民義勇軍の中には、完全独立が獲得できない場合は武装蜂起しようとの動きもあった。

16 **示威行動**　一九四七年一月十日から十六日までの期間、ラングーンとビルマ各地で独立要求示威行動が展開された。

17 **一四億七千万ポンドの借金**　英緬戦争敗北後のヤンダボ条約によってビルマはイギリスに対して多額の賠償金の支払いが義務付けられていたが、さらに植民地ビルマのインフラ建設資材はイギリスから搬入され、イギリスの言い値で買い入れ、すべて債務として蓄積され、戦後の復興計画や救援物資の費用も含めて債務は一四億七千万ポンドにのぼった。

18 **共産党中央委員会の団結行動の決議**　**制憲議会選挙**に向けての共闘の取り決めを指すと考えられる。すでに一九四六年十一月二十七日付でインド共産党から送られた、**パサパラ**との団結を促す書状が受け入れられていた。

19 **暑期の防火活動**　乾季の十一月から五月のうち、三月から五月の暑期には火災が多発する。

20 **制憲議会選挙**　一九四七年四月七日に実施された。パサパラに敵対する旧政治家グループが選挙をボイコットしたため、パサパラと共産党は三月に協議し、パサパラの圧倒的に強い選挙区では共産党は候補を出さない、選挙区によっては一議席ずつ分け合うよう候補者を抑制する、それが不可能でも選挙運動で互いに非難することは避けるという取り決めをした。パサパラは一八二名の候補者のうち一七六名が、共産党は二二名の候補者のうち六名が当選した。

21 **カレン民族同盟のソー・バウーギー**　カレン民族同盟（Karen National Union／KNU）は一九四七年二月五日にソー・バウーギー（一九〇五―五〇）が創設した。四七年二月七日**アウンサン**がシャン州のパンロンへ赴き、シャン、カチン、チン族代表と会談し、諸民族のビルマ連邦加盟の快諾を得るが、カレン民族同盟は連邦からの独立を要求して四月の選挙をボイコットした。選挙によってカレン族用の二四議席は、パサパラ加盟組織の**カレン青年協会**（KYO）代表が占めた。ソー・バウーギーは裕福な地主の子としてデルタのバセイン（パテイン）に生まれ、ラングーン大学卒業後弁護士を務めた。カレン中央協会の指導者だったが、離任してカレン民族同盟を指導した。四九年蜂起し五〇年戦死した。

22 **カッターミン村、バンカダッ村**　共にピャーポン川を挟んで東の対岸にある。

23 **シュエーヨウ踊り**　丸眼鏡にちょび髭で傘を差した男性ウー・シュエーヨウと中年女性ドー・モウが掛け合いで踊るコミカルな舞踊。

24 **ピンニー　ヨー・ロンジー**　ピンニー地は国産の赤みがかった綿糸で織られ、ピンニー上衣は民族主義者に愛好された。またヨー地方はマンダレーから一八〇キロ西南にあり、藍を用いて黒色に染色されたロンジーで有名である。

25 **長太鼓歌**　マンダレー王朝時代に生まれた農作業歌。両面長太鼓打ち二名とシンバル一名の伴奏で、早乙女の独唱とお囃子と斉唱から成る。

26 **キンマ**　コショウ科のキンマの葉にビンロウジュの実の小片、香辛料、石灰を包んだもの。噛むと口中がさっぱりする。噛んで出た赤い汁は飲み込まずに吐き出す。

27 **水田耕作儀礼**　元来マンダレー王朝時代より王室田に王をはじめ王族が出向き耕作儀礼をおこなう習慣があった。王族が耕作を終えて立ち去ると祭りが始まる慣わしであった。

28 **インヤー湖畔**　ラングーン市街地をプローム通りに沿って北上し、東側に並ぶラングーン大学の北に広がるインヤー湖畔には、裕福な人々の洋館が建つ。アウンサンスーチーの現在の自宅もその一角にある。

本書に出てくる実在する歴史上の人物

〈複数回登場する人物名を挙げた。それ以外は注を参照されたい〉

アウンサン将軍（一九一五―四七）

一九三六年の学生ストライキ指導者の一人で、三八年**我等ビルマ人協会**に加入し、四〇年に国外脱出後、密かに帰国して三〇人の青年を集めて日本へ連れ出し、四二年に**ビルマ独立軍**指導者となった。四三年八月に日本軍傀儡政権国防大臣、四四年八月に抗日地下組織パタパラ軍事責任者、四五年九月に軍籍を離れて**パサパラ**総裁、四六年九月に総督の諮問機関の**行政参事会**副議長などを歴任。「将軍」と呼ばれて親しまれたが、四七年七月十九日、元首相ウー・ソーの手の者に暗殺された。妻キンチーと三児が遺されたが、末子アウンサンスーチーは二歳であった。

タキン・ソウ（一九〇五―八九）

モールメン（モーラミャイン）の高校で学び、一九二三年から三七年まで**BOC社**に勤務し、三〇年に**我等ビルマ人協会**加入後、三七年に**ナガーニー図書クラブ**創設者の一人となり、三九年に同クラブ中央執行委員を務めた。四〇―四二年に投獄され、その後ビルマ**共産党**を再建し、四六年二月の中央委員会で、**タントゥン**と**テインペー**の対英協調路線を右翼偏向として批判した。二人は過ちを認めたが、当時執行部にいたソウにも責任があると反論した。ソウは自分が指名する委員による中央委員会の改組を要求し、それが否決されると六名の中央委員を率いて離党し、赤旗共産党を結成して武装闘争に入った。七〇年逮捕投獄され、八〇年恩赦で出獄し、八八年八月政治活動に復帰して、団結発展党を支援した。

タキン・タントゥン（一九一一―六八）
ラングーン教員養成学校卒業後、ムスリム学校校長を経て、**我等ビルマ人協会**農民担当執行委員、**ナガーニー図書クラブ**執行委員、日本軍傀儡政権農林大臣を務め、一九四五年にビルマ**共産党**議長となった。四八年三月に反政府武装闘争に入り、六八年に共産党内の兵士により殺害された。

バスエー（タキン／ウー／コウ　一九一五―八七）
ラングーン大学学生自治会議長を経て**人民革命党**に入党し、日本軍傀儡政権で民防衛訓練所長を務めた。一九四五年九月にビルマ**社会党**を創設して初代委員長となり、五二年にウー・**ヌ**内閣国防大臣、五六年に首相を歴任し、五八年四月に**パサパラ**が二派に分裂すると、**チョーニェイン**と共にスエー・ニェイン派を結成した。

チョーニェイン（ウー／タキン　一九一五―八六）
一九三六年の学生ストライキ指導者の一人で、**人民革命党**創設者の一人であった。日本軍傀儡政権の外務副次官を務め、四六年九月の**パサパラ**書記長選挙で**テインペー**を破り、書記長に就任した。

独立後、副総理、パサパラ副総裁などを歴任した。

ウー・バチョウ（ディードウ　一八九二―一九四七）

ラングーン大学中退後、国立学校校長を務め、一九二〇年に学生ストライキで退職し、二五年に『ディードウ・ジャーナル』誌を、三八年に「ディードウ」紙を創刊し、三六年頃にフェビアン協会を創設して会長となった。四三年に日本軍傀儡政権で枢密顧問官、**パサパラ**中央執行委員を歴任後、四六年九月に第二次行政参事会閣僚となり、四七年七月に**アウンサン**らと共に暗殺された。**ウー・バペー**と共に旧政治家を代表した。

タキン・ミャ（一九〇〇―四七）

一九二〇年の学生ストライキ指導者の一人で、教師、弁護士を経て三四年に**我等ビルマ人協会**に加入し、三七年にコウミンコウチン党議員、三九年に全ビルマ農民協会議長を務め、**人民革命党**指導者の一人となった。四三年に日本軍傀儡政権の副総理、四六年に行政参事会閣僚を務めるが、四七年七月に**アウンサン**らと共に暗殺された。

※(　)内は本文における言及箇所。詳細は本文・注を参照されたい。

西　暦	事　　項
1945年5月	**連合軍、ラングーンを占領** イギリス、ビルマ白書発表（第2部−1）
7月	ビルマ共産党、タキン・ソウ重婚で書記長を解任（第1部−8） 農民同盟結成（第1部−5） 全ビルマ労働者同盟結成（第1部−5）
9月	人民革命党、社会党を名乗る（第1部−8） 全ビルマ女性独立連盟結成（第1部−8） カンディー条約締結（第1部−5）
11月	パサパラ、シュエーダゴン中央塔壇で集会を開く（第1部−8）
12月	人民義勇軍結成（第2部−5） 第一次行政参事会発足（第2部−1）
1946年1月	パサパラ、シュエーダゴン・パゴダで全国大会開催（第2部−1）
5月	タンタビン事件で農民死傷（第2部−6）
9月	**公務員などのストライキ、ゼネストに発展**（第2部−6） **総督、アウンサンを首班とする行政参事会を組閣**（第2部−9）
10月	パサパラ、共産党を除名（第2部−9） 人民義勇軍から袂を分かった部分が赤軍を結成（第2部−9）
1947年1月	大規模ストライキ発生（第3部−9） アウンサン・アトリー条約締結（第3部−9）
4月	制憲議会選挙実施（第3部−9）
7月	アウンサンら7名の行政参事会閣僚、暗殺される
1948年1月	**ビルマ独立**
3月	白旗共産党蜂起
7月	人民義勇軍左派蜂起
1949年1月	カレン民族同盟蜂起

関連年表

西　暦	事　項
1886年	**ビルマ、英領インドの一州として植民地化される**
1909年	モーレミント改革施行（第2部－1）
1920年	GCBA（ビルマ人団体総評議会）結成。ウンターヌ結社と連携する（第1部－1）
1922年	オッタマ僧正第一回目の逮捕（第1部－1）
1923年	両頭制施行（第2部－1）
1930年６月	我等ビルマ人協会結成（第1部－1）
12月	ターヤーワディー農民反乱発生（第1部－1）
1935年	イギリス議会、ビルマ統治法発表（第2部－1）
1937年	ナガーニー図書クラブ結成（第1部－8）
1938年	我等ビルマ人協会、タキン・バセイン派とタキン・テインマウン派に分裂（第1部－8）
1942年４月	マンダレー空爆後、我等ビルマ人協会員マンダレー刑務所から脱出（第1部－8）
５月	**日本軍、ビルマ全土を占領**
６月	東亜青年連盟設立される（第1部－4）
11月	独立宣言文書１執筆される（第1部－4）
1944年８月	抗日統一戦線パタパラ（後のパサパラ）結成（第1部－1） マハーバマー党結成（第1部－8）
1945年１月	アラカン州で抗日蜂起開始（第1部－1）
３月	ザガインとマンダレーで抗日蜂起開始（第1部－1） 全国一斉抗日蜂起開始（第1部－1）
４月	パサパラ、連合軍に武器を返還（第1部－4）

【訳者あとがき】

五〇年の封印からよみがえった幻の名作

悲劇への序曲

二〇一三年一月、『ビルマ1946』（原題 *Lanza Pawbyi*）第四版が、第三版発行後五〇年の封印を解いて復刊された。本書は、抗日闘争勝利の余韻の残る一九四五年六月から、抗日統一戦線パサパラを支えた社共両党の、対立の激化と歩み寄りの兆しが見える一九四七年六月までの史実を骨子に、アウンサンを始めとする中央政界の実在の人々、デルタに暮らす架空の民衆をちりばめ、新しい社会建設への模索を描く問題作だった。

七〇年も昔の物語だから、実在の政治家たちも、作品のモデルとなったデルタの人々も、今はほとんどこの世を去っている。しかし、ビルマ独立前夜のこの二年間には、ビルマのその後を運命付けるさまざまな要素が凝縮され、そこにはまた、ミャンマー（旧ビルマ）の今を理解する鍵も潜んでいる。たとえばこの作品で提示された農民の怒りや民族対立は、今なお尾を引いているのである。

作品の終幕で作者テインペーミンは、団結に酔いしれる人々を突き放すかのように、その後ビルマがたどる悲劇を暗示した。過酷な現実は虚構の世界を凌駕する。一九四七年七月にアウンサンは暗殺され、一九四八年一月の独立後、三月に白旗共産党が、七月に人民義勇軍左派が、八月にビルマ政府軍内の左派二個大隊が、十二月に政府軍内のカレン大隊が、一九四九年一月にカレン民族同盟が蜂起し、三月にはラングーン（ヤンゴン）を除く全土が一時的に反政府軍の制圧下となった。政府はイギリスからの武器援助でこれを乗り切るが、以来ビルマは合法社会と非合法社会に分断された。ビルマ共産党の崩壊は一九八九年、カレン民族同盟との停戦は二〇一二年である。分断が固定化された状態が半世紀を越え、おびただしい命が犠牲になった。『ビルマ１９４６』に描かれる複雑な政治模様は、悲劇の序曲にすぎなかった。

獄中で執筆するまで

過去を振り返って、もしもあの時……という問いを発するのは詮無いことではある。もしも、抗日闘争勝利後にパサパラが武装解除せず民族連合政府を樹立していたら？　もしも、一九四六年九月のゼネストのあとパサパラが総督に妥協して行政参事会に入閣せず民族連合政府を樹立していたら？　イギリスはおとなしくそれを認めただろうか？　インドネシアやベトナムのように新たな独立戦争が勃発し、それが長期化して多くの犠牲を出したのではなかろうか？……歴史的教訓が俯瞰できる現在でさえ、そんなさまざまな「もしも」が心をよぎる。当時渦中にあった者たちの胸に「もしも……」という思いは、痛恨をともなって燃えたぎっていたことだろう。

テインペーミンに『ビルマ1946』を書かせたのも、「もしもあのとき左翼が団結していれば……」という思いであった。だが、作品誕生までの道は平坦ではなかった。それは彼が行政参事会閣僚を辞任した直後の一九四六年十二月にさかのぼる。ビルマ共産党（白旗共産党）はインド共産党から書簡を受け取った。そこには、タキン・ソウの赤旗共産党と統合して最終権力奪取に向けパサパラと団結せよとの指示が書かれていた。ビルマ共産党中央委員会は指示を受け入れ、過去の誤謬の責任者としてテインペーミンを槍玉に挙げ、彼を学習のため六ヵ月間休党させることに決定した。

学習期間中テインペーミンは、妻の故郷のピャーポンをしばしば訪れた。彼はパサパラと共産党の不和の原因を再検討し、それまでの出来事を映画にすることを思いたった。そこで彼はエーワン映画会社のウー・ニープ監督と話し合い、粗筋を共産党政策委員会に送って執筆許可を申請した。しかし、理由は示されないまま申請は却下された。それに反発した彼はピャーポンでシナリオを完成させ、『新しい社会』というタイトルをつけた。

一九四七年七月に彼はラングーンでシナリオを監督に渡したが、さまざまな事情が映画化を阻んだ。そこで彼はシナリオの小説化を決意する。舞台をピャーポンから自分の故郷の上ビルマに移そうと、彼は党中央に取材のための帰郷の許可を申請した。しかしシナリオの執筆が判明したため、申請は却下された。彼はピャーポン一帯の農村で取材に努めた。さらに彼は、アウンサン暗殺後の共産党の動向への批判を、七月二十六日に変名で雑誌に投稿した。そのため彼は中央委員会復帰の道を阻まれ、平党員に格下げされた。

一九四八年一月の独立式典では、テインペーミンの脚本によるミュージカル「金の雨 銀の雨」が上演された。彼はまた、一月四日付の『ジャーネージョー』誌と『ターヤー』誌で評論「時代を後退させる作家たち」を発表し、文学は多数者である被抑圧階級の人生を描くべきだと主張した。これを受けて文学界は、文学が階級闘争のプロパガンダであるべきか、それとも芸術であるべきかという論議に沸いた。

さらに彼は、一月の『ダゴン』誌に短編「独立すれば」を発表した。独立の日に結婚しようと誓った貧しい男女が無事結婚式にこぎつけるが、新郎は直前にイギリス企業から解雇されており、秘密の借金をかかえていた。新郎の姿には、独立ビルマの平坦ではない未来が暗示された。テインペーミンは、政治的独立達成後もイギリスの軍事的・経済的紐帯を断つことが重要課題であり、そのためにパサパラと共産党が団結しなければならないという主張をさまざまな方法で党内外に発表してきた。この短編も、党の目をかわすために「マウン・トゥー」という変名で発表された。「トゥー」は鎚を意味する。

一九四八年二月末、インド共産党は改良路線から武装路線へと転じ、ビルマ共産党もそれに同調した。内戦回避のためにパサパラはテインペーミンに仲介の労を求めたが、不調に終わる。三月二十六日に彼は離党を声明し、翌二十七日に政府は共産党員の逮捕を開始した。事前に察知した共産党中央委員会は地下に潜入し、二十八日の政治局会議で武装蜂起が決定された。その後も、テインペーミンは内戦回避に奔走した。彼はウー・ヌ首相による和平提案の策定にかかわったが、人民義勇軍内の提案を支持しない者たちが六月に地下に潜った。七月にテインペーミンは、地上の共産主義者、人民義勇軍、社会党、軍とともに左翼評議会を立ち上げて、和平に動き出す。しかし評議会の一部が先走ってクーデター計画に着手し、テインペーミンも途中から乞われて連座する。決起直前で多くは踏みとどまったが、八月に軍の一部が地下に潜った。テインペーミンは八月十二日にクーデター連座の罪で逮捕され、ラングーン刑務所で服役し、翌一九四九年七月十七日に釈放された。

左翼統一の夢

その獄中で、『ビルマ1946』は完成された。序文末尾の日付は一九四八年九月二十九日なので、投獄後およそ一ヵ月半で完成したことになる。一九四一年九月に性病撲滅を訴える『現代の悪霊』を出して以来、七年ぶりの長編だった。『ビルマ1946』は一九四九年五月、ミャンマー・アリン社から出版された。序文でテインペーミンは、作品の成立事情を明らかにした後、執筆上の困難を三点あげた。第一は、長年創作から遠ざかっていて筆致が円滑に運ばなかったこと、第二は、シナリオからの小説化のため表現を細かく書き込むのに苦労したこと、第三は、戦前の彼の作品の特徴をなす上ビルマの雰囲気が生かせなかったことである。さらにこの作品から、彼は本名のテインペーをテインペーミンと改めた。ミンは亡き母ドー・ミンから取っている。心機一転を期した作品であったことがうかがえる。

初版はまたたく間に完売し、三ヵ月後の一九四九年八月に第二版が出版された。一九四九年八月十五日付の第二版序文でテインペーミンは、この作品が早くも二版を重ねたことは左翼団結という意図が支持されたからだと誇る。さらに彼は、いろいろな批判や助言が寄せられたため、二版では削除、修整、補足などの手直しを一部加えたとも述べている。

一方、一九四八年度より、独立ビルマのすぐれた長編に与えるサーペーベイマン（文学殿堂）賞が設置されていたが、一九四九年度の受賞作はなかった。それは、賞を授与するビルマ翻訳文学協会が、受賞水準に達するが論議が生じた作品への授与を見合わせるという原則を設けたからだった。そして『ビルマ１９４６』こそ、その論議を呼んだ作品だったことが衆知の事実となっている。

テインペーミンは出所後、デルタ農民を主人公に内戦停止を訴える短編「万事異状なーし！」（トゥエータウ誌一九四九年十月号）と「裏切り者だと！」（トゥエータウ誌一九五〇年二月号）を発表した。前者では、ダコイト罪で服役した男が出所して村へ戻るが、内戦で村は灰燼に帰し、再びダコイト稼業に入ることを匂わせて結ばれる。後者は、『ビルマ１９４６』の主要人物の一人タ一ガウンをほうふつとさせる農民指導者を主人公とする。内戦後町からやってきた共産党員が村を支配し、和平を説く主人公は、孤立し、妻も奪われ、生命の危険を感じて潜伏中に、官憲から「共産党指導者」として逮捕される。デルタ農民の過酷な運命を描いたこれらの作品以後、テインペーミンの小説舞台はデルタを離れた（前記の三短編は『テインペーミン短編集』に収録されている）。

『ビルマ１９４６』第三版は初版から一五年を経た一九六三年六月に出版された。出版元のキッミー社はその序文で、この作品がビルマ国民に社会主義を理解させるために格好の書籍であり、そこにはビルマの将来を建設する手がかりが示されていると評価する。すでに一九六二年三月、ビルマ軍がクーデターで権力を掌握し、七月にはビルマ式社会主義計画党を結成して「ビルマ式社会主義への道」を発表していた。第三版が出版された一九六三年六月、政府は地下の反政府軍に和平を呼びかけていた。政府と共産党との和平会談は九月に始まり、十一月に決裂して一九六四年には全政党に解党令が出る。これによって合法左翼は社会主義計画党に吸収され、非合法社会との分断は固定化していった。『ビルマ１９４６』の復刊は、左翼統一というテインペーミンの主張が当時の権力の和平対策上有用だとみなされたためであろう。

独立後、合法社会に残ったテインペーミンは、合法左翼政党の離合集散の波間で政治活動を続けていた。一九五八年には「ボウタタウン」紙を設立し、ジャーナリスト、作家としての執筆も続けた。一九六二年以降彼は、左翼統一の夢を託してビルマ社会主義計画党に協力したが、一九七五年十月に政府批判の社説を発表して発言を封じられた。しかし彼が創作に専念できたのも束の間であった。一九七八年一月に彼は脳卒中で六三年の波乱の生涯を閉じた。

今、ミャンマー連邦で

一九八八年に登場した軍事政権下で言論統制はさらに強まり、ビルマ文学は厳冬の時代に入っていく。すでに一九七〇年代半ばに歴史的社会的テーマを持つ長編が減少し、八〇年代半ばには長編全体が不振となって、雑誌掲載の短編が浮上していた。九〇年代にはさらなる検閲強化や物価高騰などによる生活破壊によって、純文学は停滞する。九〇年代後半以降、冬の寒さを覆い隠すかのように、名作の復刻版が多数登場してきた。テインペーミンの作品も徐々に復刊された。遺族は彼の全作品の復刊を求めたが、『ビルマ１９４６』は封印されたままであった。

二〇一一年三月に「民政移管」がおこなわれ、二〇一二年八月には事前検閲が廃止された。依然として『ビルマ１９４６』が復刊されないことは、さまざまな憶測を呼んだ。たとえば、当時の政権下で土地を接収する国や企業と農民との間に抗争が絶えず、『ビルマ１９４６』の闘う農民像が問題視されていると見る向きもあった。

そんな中で、二〇一三年一月、『ビルマ１９４６』が復刊されたのである。問題作は五〇年の封印を解いて不死鳥のようによみがえった。この作品が現代ビルマ（ミャンマー）の読者に届けられる意味は大きい。第一に、『ビルマ１９４６』の主要人物たちが理想とした農民が豊かに暮らせる社会も、民族の平和共存もまだ実現されたというには程遠い。検閲が解除されて表現の自由が回復したことは、問題の所在を知るきっかけが与えられたに過ぎない。この作品は、作家のみならず民主主義の実現をめざすビルマの人々の認識を深め、行動に向けての勇気を与えるに違いない。

第二に、こうした骨太の長編に刺激を受けて、若い作家たちが歴史的社会的テーマを扱う長編に挑戦していくことも期待される。復刊された七〇年前の物語に今日的意義が与えられねばならないほどに、戦後ビルマのたどった道で生じた悲劇の根は深く、ビルマ文学のたどった道も過酷であった。厳しい言論統制にみまわれた長い冬の時代を経てゼロ地点を回復した文学界では、今ようやく文学の真骨頂が発揮されようとしている。

デルタ地帯の水路　1998年8月

※　　※

この作品の翻訳を思い立ってから長い月日が経過した。作品舞台としてのピャーポンを初めて訪れたのは、一九九八年八月だった。国民民主連盟（ＮＬＤ）の抵抗に対する軍事政権の弾圧が激化していたため、ピャーポンからタメイントー村まで車で走り抜けるのがせいぜいであった。

車を目にする農民たちは一様に不安なまなざしをしていた。

二度目の訪問は、サイクロン・ナルギス襲撃の三ヵ月後の二〇〇八年八月であった。ピャーポンに近づくにつれ、道端の木々や村のパゴダ先端部分の傘蓋《さんがい》の破損がひどくなっていく。しかしピャーポンの町は復興ビジネスで異様な活気に溢れて、飲食店ではブローカーと役人の談合風景も見かけられた。道路では検問があり、村々を訪れることは叶わなかった。

ピャーポン市街　2012年12月

三度目の訪問は二〇一二年十二月であった。ナルギス被害の痕跡も消え、市立公園は美しく整備され、ドーソン銀行跡地に消防署と市民ホールが建っていた。刑務所の高い壁や県庁の建物や病院の木造の建物は英領時代のままだった。県庁の一階の一室では、ナルギス当時天井近くまで水位が上がった痕跡が見出された。車が通ることのできない水田の真ん中の悪路をバイクでカニ村に向かった。ナルギスの被害が甚大だったカニ村には、以前はなかった病院が建ち、寺院も住宅も新しく、村内の通行路はこぎれいに整備されて、タメイントー村よりも立派なたたずまいをしていた。六〇年前をほうふつとさせるものは、タメイントー村、クンダイン村、カニ村にかけて広がる見渡す限りの水田風景だけであった。

ピャーポン刑務所　2012年12月

二〇一五年十一月の総選挙で、アウンサン将軍の遺児アウンサンスーチー率いる国民民主連盟が圧勝した。軍司令官が重要な閣僚ポストの任命権を持ち、国会議員定数の四分の一を軍人議員が占めるなど、軍の実質的支配を定めた二〇〇八年憲法を改正することが叶わないまま、二〇一六年三月からアウンサンスーチーを国家顧問とする政権が誕生した。

二〇一二年以降も毎年二回、ビルマを訪れてきたが、ヤンゴンは渋滞が進み、高層建築が次々と建っている。さまざまな物乞いが増加し、格差の深化も垣間見える。労働者の賃上げデモは頻発し、近郊では土地を接収する外国企業と農民との軋轢がおさまっていない。地方ではビルマ軍と少数民族軍の戦闘で居住地を追われた被災者が、避難所暮らしを余儀なくされている。

前政権の負の遺産を継承しながら、「新しい社会」の建設は緒についたばかりだ。カニ村の人々もあいかわらず、タメイントー村に向かう石ころだらけの一本道をバイクに揺られて走っているに違いない。

あの広大な水田風景やピャーポンの町をまぶたに浮かべつつ、作者テインペーミンの息遣いを尊重しながら本訳書の仕上げに努めた。

この作品はビルマ現代史上の一断面を活写する価値を持つため、史実や人名を中心に各部の後に詳細な注をつけ、「実在する歴史上の人物」や年表を巻末につけた。しかし文学作品として、注などをとばして読みすすめても理解いただけるように努力したつもりである。不具合が見出されるならば、すべて訳者の責任である。

なお、二〇一三年一月に入手した新版の校閲は粗雑で、誤字脱字も多かったため、本書は一九四九年八月出版の第二版をテキストとして用いた。

原題 *Lanza Pawbyi* の Lanza は「道の端、発端」であり、Pawbyi は「現れた」を意味し、総じて「手がかりが現れた」「きっかけがつかめた」という意味合いで使用される。左翼団結のきっかけが、水田耕作闘争によって出現したという意味をあらわす。

論文その他では長らく『開けゆく道』とのタイトルを使用してきたが、本書の出版にあたり『ビルマ1946』とあらためた。作中では一九四六年九月の事件が、登場人物とビルマの運命に大きく影響するためでもある。

テインペーミンの邦訳本については、次の作品が刊行されている。

『テインペーミン短編集』（南田みどり編訳、大同生命国際文化基金、二〇一〇）

『東より日出ずるが如く』（南田みどり訳、井村文化事業社、上・中巻一九八八、下巻一九八九）

最後に、国内でこの作品が封印されていた期間に翻訳の許可を快く与えてくださり、当時のピャーポンの様子を詳しく語ってくださったテインペーミン夫人ドー・キンチーチー、作業に多大の協力をいただいたテイペーミン長女ドー・チーターミン、詩人マウン・ミンヤー、詩人ルーサン、そして段々社の坂井正子さんとデザイナーの今井明子さんにも心から感謝を述べたい。

また、本書の翻訳作業に伴う現地調査等は、ＪＳＰＳ科研費ＪＰ２４５２０３９５の助成を受けて可能となったことも付け加えておきたい。

二〇一六年　初夏

南田みどり

訳者略歴

南田みどり（みなみだ・みどり）

1948年兵庫県生まれ。大阪大学名誉教授。
大阪外国語大学外国語研究科南アジア語学専攻修了。論文に「1938〜41年のテインペーミン」（『アジア太平洋論叢』2000）、共著に『ミャンマー 国家と民族』（古今書院 2016）、編訳書に『二十一世紀ミャンマー作品集』（大同生命国際文化基金 2015）など。

〈アジア文学館〉シリーズ

ビルマ1946
—独立前夜の物語—

2016年10月15日　第1刷

著　者　テインペーミン
訳　者　南田みどり
発行者　坂井正子
発行所　株式会社　段々社
〒179-0075　東京都練馬区高松4－5－4
電話　03（3999）6209
振替　00110-3-111662
http://www.interq.or.jp/sun/yma
発売所　株式会社　星雲社
〒112-0005　東京都文京区水道1－3－30
電話　03（3868）3275
印刷・製本　モリモト印刷株式会社

＊定価はカバーに表示してあります。
Printed in Japan
ISBN978-4-434-22233-7　C0397

現代アジアの女性作家秀作シリーズ

サーラピーの咲く季節
スワンニー・スコンター
吉岡峯子訳
タイのSEATO文学賞作家の自伝的エッセイ。少女と村人、動物との心温まる交流記。日本図書館協会選定　本体1800円

エリサ出発
Nh・ディニ
舟知恵訳
インドネシアの社会派ロマン。独立直後の社会で愛と国籍に揺れる混血女性エリサの青春。全国学校図書館協議会選定　本体1500円

シンガポーリアン・シンガポール
キャサリン・リム
幸節みゆき訳
シンガポールの傑作短編集。夫婦、嫁姑、ホモ…急速に近代化する社会の人間模様を描く。日本図書館協会選定　本体1500円

スロジャの花はまだ池に
アディバ・アミン
松田まゆみ訳
マレーシアの青春小説。西洋流の教育を受けたアンナの生きる道は？　自伝小説を併載。日本図書館協会選定　本体1700円

二十世紀：ある小路にて
◉ネパール女性作家選
S・サーカル他編
三枝礼子／寺田鎮子訳
ネパールの19人19短編。裏町に生きる住人たちを活写し現代社会の病巣を衝く表題作など。日本図書館協会選定　本体1600円

12のルビー
◉ビルマ女性作家選
マウン・ターヤ編
土橋泰子／南田みどり／堀田桂子訳
ミャンマーの12人12短編。孫を役人に育て上げる物売りの祖母など庶民の夢と現実を描く。日本図書館協会選定／全国学校図書館協議会選定　本体1845円

レイナ川の家
リワイワイ・アルセオ
寺見元恵訳
フィリピンの中産階級一家と高利貸しの老婆の土地騒動のドラマ。腐敗社会を衝く傑作。日本図書館協会選定　本体1650円